北极风情画

Beiji Fengqing Hua

无名氏 著

图书在版编目（CIP）数据

北极风情画：专供版 / 无名氏著 . —哈尔滨：哈尔滨出版社，2018.1
　　ISBN 978-7-5484-3139-8

　　Ⅰ.①北… Ⅱ.①无… Ⅲ.①言情小说 – 中国 – 当代 Ⅳ.①I247.5

中国版本图书馆CIP数据核字（2017）第026414号

书　　名：北极风情画.专供版
作　　者：无名氏　著
责任编辑：李维娜　韩金华
责任审校：李　战
封面设计：上尚装帧设计

出版发行：哈尔滨出版社（Harbin Publishing House）
社　　址：哈尔滨市松北区世坤路738号9号楼　　邮编：150028
经　　销：全国新华书店
印　　刷：哈尔滨市石桥印务有限公司
网　　址：www.hrbcbs.com　　　　www.mifengniao.com
E – mail：hrbcbs@yeah.net
编辑版权热线：（0451）87900271　87900272
销售热线：（0451）87900202　87900203
邮购热线：4006900345　　（0451）87900345　87900256

开　　本：787mm×1092mm　　1/16　　印张：15.5　　字数：146千字
版　　次：2018年1月第1版
印　　次：2018年1月第1次印刷
书　　号：ISBN 978-7-5484-3139-8
定　　价：45.00元

凡购本社图书发现印装错误，请与本社印制部联系调换。
服务热线：（0451）87900278

目 录
MULU

暴雪摧折的热恋之花
　——《北极风情画》解读　　　001
【一】　　　046
【二】　　　052
【三】　　　057
【四】　　　068
【五】　　　074
【六】　　　082
【七】　　　093
【八】　　　104
【九】　　　110
【十】　　　115

【十一】	123
【十二】	136
【十三】	145
【十四】	158
【十五】	166
【十六】	178
【十七】	188
【十八】	206
【十九】	214
【二十】	230
【二十一】	238

暴雪摧折的热恋之花

——《北极风情画》解读

自从大自然造就了男女两性,爱的歌哭便化为人类历史不可剥离的永恒血脉,并且为时代洪流所裹挟——无论是天堂享乐的欢愉,还是炼狱煎熬的惨怛,无一不是现实大潮中翻滚的水滴。

诚然,所有心智正常的成年人,都会懂得,没有哪一对恋人能够真正超脱凡尘,不食烟火,破茧蝶化,升入天马行空的自由境界。

可是,从古到今,偏偏有难以计数的痴情男女,前赴后继,用了夸父追日的勇猛与精卫填海的执着,希望凭借一己(或者双方)之力,消弭掉或是战乱流离,或是种族歧视,或是宗教对立,或是门第鸿沟等等现实因素筑成的牢固樊篱,构建二人专属的缠绵爱巢,在激情烈火中酣畅沐浴,痛享生命的最美佳酿。

这种以卵击石的对撞,其结果必然是悲剧收场,即便或遇否极泰来之逆转,那也逃不出生活逻辑的大范畴。

爱,既是生理的,又是精神的,既是个体的,也是社会的——它就像强光下的晶莹水珠,能够透彻地彰显内部最隐秘的那个自我,也能充分折射出外部的时局万象。

也正因为如此,那种企图忘却身外、飞蛾扑火般的热恋,从个体方面来说,最终留下的,往往是一小撮拂之即散的残灰,然而,它在燃烧瞬间爆裂出来的细小火花,却很可能清晰地映照出大千世界的真实面目。

无名氏的《北极风情画》,就是一部在动乱年代上演的纯情悲剧:

20世纪30年代,流亡西伯利亚的波兰姑娘奥蕾利亚,与马占山部队的上校高级参谋——韩国军人"林"在冰天雪地里偶遇,很快,双方义无反顾地坠入情网,不能自拔。

两人如火如荼的热恋,固然有着英雄美女磁石吸附的个体情愫,可是,其间更有着国破家亡,沦落天涯,惺惺相惜的厚重底蕴。

然而,正当双方爱的烈焰怒火绽放,却遭遇时局暴雪兜头覆压——"林"所在的韩国军队,被全员遣送归国,而波兰籍的奥蕾利亚,却没有任何渠道,能够与爱人同行。

请设身处地地想象:从如梦如幻缠绵双栖的热恋云端,陡然坠落相见无期的万丈深渊,那种巨大的心理落差,会对漂泊

异乡无所依傍的单纯女孩,造成怎样的严重伤害!

初放的激情花蕾,就这样被现实残酷摧折,只留下一曲爱之挽歌,在暴雪肆虐的莽原上,低婉哀回……

特别提请关注的是,这首生死恋曲,并非作者杜撰,而是有着现实的真人蓝本。并且,恋曲中的男主人公,身份显赫,他就是,曾任韩国第一任内阁总理,兼国防部长等多种要职的朝鲜李氏王朝后裔——李范奭。

(一)李范奭的乱世人生

身为韩国开国总理,李范奭(1900年10月20日—1972年5月11日)是一位不折不扣的传奇人物。

人们常说"时势造英雄",确实如此。稍稍读过近代史的人,谁都不会忘记,20世纪前半叶,人类经历了两次毁灭性的世界大战。在那种风云巨变、狼烟如织、战火纷乱的年代,有过多少壮怀激烈的骁勇之徒,金戈铁马,血雨腥风,争雄天下,成就一世英名;又有多少满腹经纶的饱学之士,弃文从武,毁家纾难,精忠啼血,赢得万代景仰。

生逢乱世的李范奭,堪称不幸而又幸运。不幸的是,他在十岁左右的少小时期,早早踏上了逃亡之路,离乡背国,漂

李范奭

泊天涯,历经艰辛。幸运的是,他在生活了整整30年的第二故乡——中国,火淬铁打,熔炉精炼,获得了全方位的提升与发展,成长为文武双全的风云人物,最终成功复国兴邦,攀上了令人仰慕的人生巅峰。

作为朝鲜李氏王朝后裔——世宗大王的嫡五男光平大君的第17代孙,李范奭有着与生俱来的贵族血统。这种世代相传的种姓基因,使得他骨子里有着磨灭不去的门阀骄傲。因为这种骄傲,国势衰微后,自然而然,他会比常人有着更加强烈的复兴企望。

具备这种心理特质的人物,绝不可能苟安于社会食物链的底层部位。即便是穷困潦倒,艰难竭蹶,朝不保夕,他们也往往会选择卧薪尝胆,发奋蹈厉,谋划东山再起,而不愿自暴自弃,沉沦于运拙时艰。李范奭正是如此:颠沛流离,饥馑困乏,伶仃孤苦,并没有摧毁他的钢铁意志——困顿穷途,他依然目光如炬,伺机而动,抓住混乱狂潮中一闪即逝的机会,拼尽全力,往上层浮游。

早在流亡初期(公元1915年),少年李范奭就乔装打扮,假冒日本学生,孑然一身,经由鸭绿江铁路,辗转来到中国。次年秋天,他又化身为南洋华侨,改名李国根,得以进入云南陆军讲武堂,成为该讲武堂骑兵科第12期学生,与叶剑英元帅做了同班同学。

两年半后——公元1919年3月,大野春回之际,未及弱冠的李范奭,就以云南陆军讲武堂骑兵科第12期第一名的优异

成绩,光荣毕业。随后,调往昆明干海子骑兵联队,担任见习教官。

当年5月,李范奭听闻韩国国内开展"三一运动"的消息,热血沸腾,振奋至极。他即刻辞职,前往上海,投奔韩设在该地的临时政府。同年10月,李范奭到东北奉天省柳河县(今吉林省柳河县),就任奉天省新兴武官学校教官和教学队长,为复国大业培养独立军。

1920年3月,李范奭应金佐镇将军的邀请,前往汪清县西大坡,担任韩国独立军北路军政署"练成大将"(即教官)。同年5月,北路军正式成立了士官练成所,李范奭再次被金佐镇将军任命为教官。

作为享誉韩国的政治家和独立运动家,李范奭绝非一个只会搬唇弄舌纸上谈兵的文儒政客,他是拎着脑袋,真枪实弹,从血路中冲杀出来,不折不扣的抗日英雄。

1920年10月20日,围剿白头山的日军先头部队,到达青山里附近的白云坪。李范奭所在的北路军,智勇伏击。他们速战速决,抢在日军大部队奔袭之前,火速撤离。转移途中,他们多次遭遇日军,先后与日军进行了十多次较量。北路军手操正义之剑,士气饱满,愈战愈勇。这场恶战,他们一共击毙敌寇数千人,大大打击了日军恣意横行的嚣张气焰。

巧的是,这一天正值李范奭20周岁生日——讨暴诛逆,浴血奋战,成了时局给他举行的一场特殊成人礼!

此后,遭遇重挫的日军重整旗鼓,调集重兵,继续围剿。北路军虽然骁勇善战,可是,毕竟寡不敌众。在大军压境、孤立无援的情势下,他们不得不往中苏边境转移。到达密山县境后,北路军会合大韩独立军、义军府、血诚团、正义军政司等队伍,组建了"大韩独立军团",时总兵力已达 3500 余人。

不久,在苏俄方面的邀请下,李范奭跟随洪范图和金佐镇两位将军,率部进入苏俄境内,在自由市与苏军密切合作,联合作战。

时局混乱,国际形势错综复杂。不过半年,苏俄方面即强硬要求入境的北路军解除武装。洪范图、金佐镇两位将军坚决抵制,结果与苏俄撕破脸面,双方由此展开激战。独立军势孤力单,弹尽粮绝,难以为继,不得不宣布解散。经历了这场无安之灾的李范奭,并没有因此仇视苏俄,反而以"苏联协同民族军之延海州地区指挥官"的身份,参加了苏联革命战争。

1923 年,李范奭随独立军将领金奎植、高平等返回中国,并在东北延吉县明月沟组成了"高丽革命军"。年仅 23 周岁的李范奭,担当起"高丽革命军骑兵支队司令"的重任,继续与日寇周旋,艰苦鏖战。

中国东北沦陷后,李范奭立即投入中国人民的抗日洪流,同"义勇军"将士并肩作战。

其后,李范奭回到上海,在大韩民国临时政府任职。

1934 年 2 月,中国政府敕令中央军校,要求在洛阳分校内,开设韩籍军官培训班。培训班首招 92 名韩国青年,李范奭担任该特别班教学队长,负责教育与军训。在此期间,李范奭全

006

心全意,竭诚为复国鸿业培养独立军干部。不幸的是,由于日本政府的恶意干预,次年5月,韩籍军官培训班被迫停办。

1941年,李范奭积极参与组建"韩国光复军"。同年9月,重庆成立"韩国光复军总司令部"。身经百战,正值盛年的李范奭,荣膺"韩国光复军参谋长"职务。

1942年4月,"朝鲜义勇军"与"韩国光复军"合并,李范奭再任参谋长。同年10月,李范奭改任"韩国光复军副参谋长",兼"第二支队支队司令"。随后,到西安赴任。

1945年,李范奭为之浴血奋战30年的伟业,终现曙光——韩国成功"光复"。欢欣鼓舞的李范奭,立即只身驾机,奔赴阔别已久的故国家园。当然,他此行并非为着安享胜利成果,而是肩负重任——到汉城同日军司令交涉,力争不费一兵一卒,安全解除韩境内日军武装。

1946年10月,李范奭创设朝鲜民族青年团,亲任团长。

1948年,大韩民国成立后,时年48周岁的李范奭,凭借自己的雄厚实力,担起韩国第一任内阁总理兼国防部长的要务。

此后的20年里,李范奭一直活跃在韩国政坛。他先后参与组建或创立了"自由党""共和党""国民之党"等政党,并与李承晚共同组建"独立推进会议",担任过"院外自由党副总裁""内务部长官""共和党最高委员""参议院忠清南道议员""自由国民党指导委员""国民之党代表委员和最高委员""反对延长军政全国斗争委员会议长团成员""新民党顾问""国土统一院最高咨询委员兼常任顾问"等党政要职,还曾经两次参加副总统竞选。

虽然政坛波谲云诡,暗流涌动,李范奭的仕途也时有起落,但他为大韩民族复国与中兴,付出的巨大牺牲与做出的超凡贡献有目共睹。他也因此蜚声遐迩,朝野闻名。为表彰他的卓越功勋,1963年3月1日,朴正熙政府隆重授予李范奭"建国勋章总统章"。

1972年5月11日上午5点45分,李范奭——这位乱世冶炼出来的疆场英豪,大韩复国兴邦的政要俊杰,因心肌梗死,在汉城明洞圣母医院,落下了人生帷幕,享年72岁。

综观李范奭72年的人生岁月,除去懵懂无知的孩提时期,一半以上在中国度过。他把这一多半的青壮时光,竭诚奉献给了抗日复国的伟大事业,并由此同中国义勇军结下了"与子同袍"的生死之情。这位铁血男儿的飒爽英姿,永远镌刻在中国人民艰苦卓绝的抗战史上。

中朝人民的友谊,源远流长,而李范奭时代,日本侵略者的劫掠蹂躏,更是把饱尝国破家亡之痛的两国民心,紧紧地系在了一起。

早在16世纪末期,日本统治者就已经暴露出鲸吞中朝的狼子野心。1592年,丰臣秀吉大举进攻朝鲜,很快夺取了朝鲜半壁江山,朝鲜当时的首都汉城、陪都开城和平壤也都先后陷落。直到明朝出兵干预,战局才得以扭转。

1597年,丰臣秀吉再举攻朝。这一次,日本军队遭到明朝与朝鲜两军的联合夹击,最终落得惨败下场。

这场战争中,有一次以少胜多的经典战役,即"鸣梁海战"。

在这场战役之前,因为中了反间计与疏于防范,朝鲜水陆两军均处败绩,曾经扬威海上的朝军水师,仅剩下可怜的12艘战船。

鸣梁一战,关乎朝鲜生死存亡!

这场战役的朝军统领李舜臣,充分利用鸣梁海峡水面狭窄、水流湍急、岸上有山体隐蔽等地理特征,仅以12艘板屋船,就击退了日军130多艘战舰,以34人的牺牲,换取了日军8000多人阵亡的惊人战绩。

2014年,韩国拍摄的电影《鸣梁海战》,就以这段史实为蓝本。

此后,日本依然怀着觊觎中朝的虎狼之心。

1910年8月,日本迫使大韩帝国签下《日韩合并条约》,并设立了"朝鲜总督府",由此展开对韩国全方位的殖民统治。

这个时候,李范奭尚在总角之年——本该无忧无虑的孩提时代,从此坠入了亡国破家的万丈深渊。

日本强占朝鲜半岛后,大力推行"武断政治"。他们霸占了所有行政机关的要职,限制朝鲜人的一切言论、出版、集会、结社等自由权利。在经济上,日本不遗余力地摧残朝鲜民族工业发展,疯狂掠夺农民——日本人大量占有韩国土地,迫使当地劳动者把四分之三的收获上缴。不仅如此,为达到灭绝种族的目的,日本还强制推行同化政策,严禁朝鲜人学习和使用自己民族的语言文字。

亡国灭族的巨大灾难,迫使大批的朝鲜民众逃离故土家园。其间的仁人志士,纷纷选择来到中国,因为这个广袤的国度,正遭遇着与他们相同的命运。最重要的是,即便是半壁沦陷,中国民众也始终没有放弃英勇的抵抗。韩国志士在这片热土上看到了希望——他们深信,如同历史上一样,两国人民并肩战斗,同仇敌忾,一定能打败嚣张日寇,复国兴邦。

怀揣着远大的梦想,他们在中国组建了流亡政府,用各种努力,向着目标奋进。

在中国,东北是最先遭到日寇铁蹄践踏的地区。1931年九一八事变,时任黑龙江省政府代理主席兼军事总指挥的马占山,率领爱国官兵奋起抵抗,在江桥打响了抗战第一枪。

其后,马占山通过无线电,发出了东北全境彻底抗战的呼吁,并组织东北救国抗日联军,同日军浴血奋战。

也就是在这个时期,李范奭担任了东北抗日义勇军马占山部的高级参谋。

义勇军虽然英勇无畏,可限于种种条件,同装备精良的日军比较起来,他们在大局上一直处于劣势。1932年,一次战役失利,李范奭随同马部撤离到苏联境内西伯利亚的托木斯克。于是,这就有了那场与波兰少女杜尼亚不期而遇的绝世之恋。

(二)李范奭的冰雪情缘

李范奭的前半生,从天涯孤旅,踏冰卧雪,到寒光铁衣,戎

马倥偬，称得上是千锤百炼，烈火真金，他也由此积聚了普通人望尘莫及的丰富阅历。有了这种非同寻常的人生冶炼，再加上他那"九死未悔"的复国情怀，可以想见，青壮年时期的他，必定是文韬武略，智勇双全，出类拔萃。而他的丰厚刚毅与高远执着，必然会在神采上有所展现。由精神之炬所点亮，他的双目想必是炯炯有神，两颊想必是熠熠生辉——这种内外兼修、顶天立地的"大写"之人，该是具有何等的人格魅力！

马占山

《北极风情画》的作者无名氏，就曾这样描写他们的初次相见：

"与李范奭一见面我就大吃一惊。主人（李）衣着随便，上身穿高加索式圆领短袖白布内衣，下着一条短裤。让我终身难忘的是他又大又硬的光头，像黑溜溜的大炮一样的眼镜，以及闪着红光的长脸，整个觉得就像是一座革命火山。从他豪爽热情的东北地方口音中，似乎能闻到他身上散发出来的火山熔岩的味道。"

无名氏接连用了"大炮""火山""熔岩"等雄浑强悍、热力无穷的词语，来形容李范奭带给他的震惊与自己油然而生的敬意。试想，这种身经百战、豪放爽直、激情喷溅，且又有着无限内蕴的猛男形象，对于战乱年代，渴望坚强臂弯护佑，求取一角宁静天空的柔弱女性而言,又该具有何等致命的杀伤力?

推究起来,随同马占山残部撤退到托木斯克的李范奭,这个时候的心理,在钢铁意志之下,应该还掩藏着一份沉郁苦闷。

从1920年初出茅庐开始,到饱经生死的当下,他同日寇的亡命血拼,整整累积了13个年头。

13年的伏冰卧雪,13年的艰苦转战,他已经从意气风发的血性青年,千锤百炼为坚忍不拔的优秀将领,可是,复国兴邦的梦想,依然邈若山河。尤其是马占山部的节节失利,更给他的雄心蒙上了浓重的阴影——如此训练有素的正规军,尚且情见力屈,那又何处集结摧枯拉朽的力量,把毒燎虐焰的日本强盗扫荡干净呢?

在这重如磐石的压力之下,再强大的心灵,也难免产生天涯飘蓬,不知何处是归程的凄惶与不安吧?

"男儿有泪不轻弹,只因未到伤心处"——人人都是血肉之躯,通常人们所看到的坚强,不过是用层层铠甲裹护的心脏。一旦能寻觅到进入深层的秘密通道,那颗心脏的阿喀琉斯之踵,就会暴露无遗。

波兰籍的女青年杜尼亚,凭借她的美貌与悟性,或许,至关重要的是那份相通的亡命天涯的心气,轻而易举的让李范奭敞开了胸怀,展露出他内心最不堪一击的柔软角落。

这个角落,就是他对王朝故土的深切思念,对离散亲朋的揪心牵挂。

关于这一点,李范奭对无名氏做了怎样详尽的描述,我们

不得而知。不过,从无名氏在小说人物形象的塑造上,从他不遗余力地渲染的男女主人公深厚的爱国情感上,以及由此产生的思想共鸣上,我们可以推见真人风貌。

李范奭与杜尼亚在这场战争间隙里的深夜偶遇,改写了这位女教师的人生,铸就了她的悲剧命运。

关于这位香消玉殒的年轻女性,无名氏没有做更多的介绍。至于《北极风情画》(以下简称《北》)中的奥蕾利亚,其身世与性格,同真人杜尼亚有多大的相似度,我们也无从精确核查。根据现有资料,能检索到的,是两者同为波兰国籍,同操教师职业。当然,更重要的是,《北》书中的女主角,真切地再现了杜尼亚爱的炽烈与情的痴迷。

《北》书最为成功的一点,是作者借助奥蕾利亚的悲情结局,传达出了现实版的杜尼亚,在时局重压下,人性被硬生生撕裂的深度痛苦与深刻绝望,从而揭示了个体命运无法挣脱时代掌控这一生存定律。

依据仅有资料,我们对杜尼亚的精神毁灭,试做以下分析推断:

首先,杜尼亚身为波兰国籍,却与李范奭相识于苏俄西伯利亚的托木斯克。

在这里,有必要捋一捋波兰与俄罗斯复杂而微妙的关系——有人把它归结为"世仇加兄弟"。

波兰民族和俄罗斯民族在人种上同属斯拉夫人,说是"兄弟"并无不当。可是,由于两个民族在宗教信仰方面的不兼容

(俄罗斯人信仰东正教,波兰人信仰天主教),从中世纪后期起,两国就不断发生冲突。

历史上,波兰也有过耀眼的辉煌。这个民族,曾创下世界上"最先进的贵族民主制",一度被称为"一个比俄国和普鲁士更有文化、更强盛的大国"。

因为这种"辉煌",17世纪初,波兰军队曾经占领莫斯科,后来又曾再次逼近。可是,频繁的战乱极大地破坏了生产力,导致民生凋敝,国势衰微。而它的三个邻国却日渐崛起,给它带来毁灭性的灾难。

公元1772年、1793年和1795年,波兰,这个历史上曾经让人仰慕的国度,三次遭到沙俄与普鲁士、奥地利的强势瓜分,以至于亡国长达数个世纪之久。

"十月革命"后,苏俄政府宣布废除俄罗斯帝国与普、奥签订的关于瓜分波兰的一切条约,承认波兰人民享有"独立和统一的不可否认的权利"。然而不久,两国又因为边界冲突,爆发了恶战。

虽然这场大战最终以双方媾和结束,但此次有关边界的划分,却埋下了隐患。以至于二战期间,苏联抓住机会,又一次同德军瓜分了波兰。

困于西伯利亚的杜尼亚,其背负的波兰国籍,必然会给她带来不小的心理压力。

杜尼亚与李范奭的恋情,发生在20世纪30年代。那个时段,波兰与苏联的关系"貌似"平静。

这种表面上的"和谐",并不能抹平两国之间的宿仇积怨,而波兰民族屈辱与卑微心理的长久积淀,也不可能在短短的十年内清除干净。

作为民族的一分子,杜尼亚不可能不背负这样的历史孽债。

有着这样的民族负重,在苏俄境内谋生的杜尼亚,势必缺少归宿感与安全感。这种缺失,甚而可能影响到做人起码的自信与尊严。进一步推想,她远离温暖如春的故土,迁居四季冰封的西伯利亚,单就适应气候条件而言,也是一个相当严峻的考验。虽然无从考证,但按照常理推论,杜尼亚面临的不外两种状况:一种是,身不由己,无法做出选择;一种是,虽可自主抉择,但如果回归家乡,将无法过上正常生活。

还有一个因素不可忽略,那就是苏俄时期极其严酷的高压政治。

1917年12月,苏俄成立了以捷尔任斯基为首的政治警察机构全俄肃反委员会,即中文简称的"契卡"。同时,还成立了"军事革命委员会",负责对反抗者采取军事镇压。

1918年9月5日,苏维埃政权通过《关于红色恐怖》的法令,宣布要以"红色恐怖"对付"白色恐怖"。

1918年9月19日,苏维埃政府正式授予"契卡"具有"可以不向革命法庭报告就行使逮捕和处决的权力"。

由此,政府实施了一系列大规模的逮捕和草率的处决行动,目标包括社会革命党人、贵族阶级的代表、金融阶层、沙皇时代的军人,以及和资产阶级有联系的自由职业者……

"契卡"就是负责执行这种恐怖行动的机构,它有权力消灭一切敌人,不管这些敌人是直接的还是想象的。

根据"契卡"官方档案统计,1918至1920年间,有12733人被处死。这个统计不包括"契卡"在各地分支机构的大量数据。

据历史学家估计,从1917年至1922年,这期间被处死的实际人数高达14万。这个数字不包括内战死亡者,以及野蛮报复、大屠杀及其他罪行导致的死者。

"契卡"还在苏联各地建立了大量的"劳改营",其中有一些是专门关押青少年和儿童的。

1929年,高尔基曾受邀参观索洛维茨岛劳改营。衣衫褴褛的囚徒,全被篷布遮蔽,充当货物。坐在长椅上阅读的犯人,故意倒拿报纸,希望给高尔基暗示。而高尔基始终保持目光平视,泰然自若。参观儿童教养院时,一位参加迎宾的少年突然冲出队伍,对高尔基说:"你看到的都是假的,我们饿……"

高尔基刚刚离开海岛,那位14岁的少年就被枪毙了。

然而,高尔基发表的观感却做如此表述:"犯人们在索洛维茨岛生活得非常之好,改造得也很好。无论任何人,拿这个劳改营来欺骗和恐吓人民都是毫无根据的。"

高尔基当然清楚:面对强大的国家机器,任何个人的力量都渺小到可以略去不计。

这样的"红色恐怖"持续不断,发展到1934年底,爆发了一场波及更广,也更为持久的政治迫害运动,即"大清洗"。据苏联官方说法,单是1937年和1938年这两年,就有350万至450万人遭到镇压,其中60万到80万人被处决。而俄罗斯学者普遍认同的数字,则是2000万人。

杜尼亚流落托木斯克的原因虽无从考证,但就算她没有"反动"的家族背景,身为知识阶层,生活在那种一言不慎,即可被公开或者秘密处决的恐怖时代,不会不感受到精神的严重窒息。

李范奭的出现,犹如神兵天降,给她送来了逃离苦海的救生方舟。

这个时期的李范奭,虽然有着大业困顿、壮志难酬的焦虑与无奈,但他那百折不挠的坚强意志,并不会被厄运摧毁,而他也从来没有想过,要脱离马占山的抗日部队,另谋出路。

因为他非常清楚:他与韩国的命运,已经同艰苦抗战的中华大地紧紧绑在了一起,唯有同中国人民一道浴血奋战,他才有可能实现打败日寇、收复国土的宏伟愿望。

我们有理由相信,杜尼亚对李范奭的深深迷恋,不仅仅是因为李范奭身上集中了刚毅、执着、坚韧、勇敢等等优秀品质,更在于李范奭"咬定青山不放松"的复国追求。因为这种炽烈的追求,恰好能寄托她那破碎难缝的还乡之梦。换言之,杜尼亚对李范奭的沉醉痴迷,绝不仅限于寻常男女情齐天地的难醒春梦,其间必然熔铸了民族渴望、家国离愁的沉痛底蕴。因此,杜尼亚所"殉"的,也不能仅视为简简单单的儿女私情,我们更应该看到,那份故国离愁带给她的不堪重负与深刻绝望。

此外,我们还需要注意杜尼亚的个体属性。

杜尼亚是一名中学教师,是一位知识女性。

比照当今时代,这样的知识女性应该具有"完整的独立人格"。具有这样人格的未婚女青年,有着自立的经济条件。也就是说,她们有能力经营自己的一片天地,无须仰仗婚姻的恩赐,也能像样地生存。

如果我们按照这一标准来衡量杜尼亚,很可能无法理解她的最终选择。

请把标准调回到"20世纪30年代"。

这里,有必要简要说说"女权运动"。

自从人类进化到父系社会以来,女性在母系氏族时期至高无上的地位便江河日下——女人沦为男人的附庸,供他们驱遣和享用。"夫为妻纲"这个伦理虽然出自大汉民族,而它所涵盖的两性不平等现象,实为全世界男权时代所共有。

女性经历了漫长的黑暗年代,直到19世纪,西方工业文明日益发展,逐渐促使封建文化解体,女权运动才得以萌芽。20世纪初,第二次工业革命欣欣向荣,女权运动顺势兴盛,开始在欧美国家收获积极成果。

作为一种社会文化现象,女性的解放,必须扎根于相应的社会物质文明基础。19世纪后期,易卜生在《玩偶之家》中,塑造了"娜拉"这个自我觉醒的新女性形象。鲁迅先生就曾这样评说:"从事理上推想起来,娜拉或者也实在只有两条路:不是堕落,就是回来。"而鲁迅先生1925年创作的《伤逝》,更是清晰地表达出婚姻严重受限于社会现实的主题——曾经义无反顾、勇敢追求爱情自主的女主人公子君,迫于生计,最终不得不"主动"回归封建囚笼,郁郁而终。

当然,作为中学教师,杜尼亚显然已经争取到了独立自主的经济基础,按照常理,她应该属于新型女性,没有理由仅仅因为爱人远离而自寻短见。

然而,我们知道,意识的改变要远远滞后于物质层面的革新。就以中国社会为例,提倡男女平等,已经长达一个世纪。一夫一妻,婚姻自由,男女同工同酬,也早就有了法律保障。可是,当下各式各样的广告宣传,总有人喜欢拿女人的肉体做卖点,因为这样的卖点可以吸引更多的受众。再看看当今女性的择偶标准,能把自己放在与男性同等地位上,如舒婷在《致橡树》中表达的那样,共享对等尊严的,恐怕还是少数。类似现象,只能说明,视女性如玩物的封建意识,并没有随同物质文明的跨越式递进而自觉消失,在某种程度上,我们依然能够清晰感受到它那涌动的暗潮。

既然如此,我们又怎能要求生活在20世纪30年代的杜尼亚,涤荡干净"男人是天"的潜意识,以完全自主的独立精神,在背国离乡、危机四伏的艰难处境中,主宰自己失却理想婚姻庇佑的后半生呢?

换个角度思考,中学教师这份职业所造就的心性,在某种意义上,或许还会成为杜尼亚走向绝路的幕后推手。

这话听起来不太好理解,下面略做阐释。

按照美国社会心理学家马斯洛的理论,人类价值体系存在两类不同的需要:一类是沿生物谱系上升方向逐渐变弱的本能或冲动,称为低级需要和生理需要;一类是随生物进化而逐渐显现的潜能或需要,称为高级需要。

在高层次的需要充分出现之前,低层次的需要必须得到适当的满足。

请注意,前面我们提到,杜尼亚作为中学教师,已经争取到了独立自主的经济基础。也就是说,在与李范奭相恋之时,杜尼亚的低层次需要已经得到了适当的满足。

在此前提下,她的注意力必定会转向更高层次的需求。而作为有着相当文化素养的知识女性,她对爱情的憧憬,想必比缺少知识陶冶的贫苦女子,来得更加炽热与梦幻。

再从李范奭的角度看,他身心强健,阳刚血性,只因常年奔波动荡,出生入死,生理与精神的情爱需求,不得不受到现实的严酷弹压。这种为外力窒闭的地底岩浆,一旦有了释放的空间,那种爆发力必定非同凡响。

真可谓天从人愿,一颗渴望理想爱情的浪漫之心,恰巧扑入李范奭焦渴如焚的欲求胸怀,再加上两人爱国共情的助推,这一瞬间爆裂出来的高热强光,足以使当事双方的理性世界凸现"暂盲"现象。

无论是心理需求的高层次还是低层次,李范奭这个侠骨柔肠的刚健男儿,都足以给杜尼亚贴心贴腹的备至满足。

爱之极致的巅峰体验,使得处于新旧观念与现实生存双重

夹缝中的杜尼亚,把这份激情幻化为整个世界,忘情拥抱——消弭掉了内心所有的自我防护机制,无可救药地深深陷落。

这份恋情越是美满,一旦失却,造成的心理落差就会越大。同时,情感越是丰富细腻,心魂感知痛苦的灵敏度也就越高——杜尼亚二者皆具,因此,与爱人天涯永隔的前景预期,便大大超出了她的心理荷载。

命运是如此残酷:那份浓烈如火的烧心美酒,突如其来地彻底断流!沉醉难醒的痴情少女,无法,也不愿回归动乱不堪的沉重现实。抓不住任何的救命稻草,她能全权支配的,只有自己的生命自主权。于是,绝望中,她用殉情来向爱人做最后的深情告白,并且,也用这种极端的方式,抗议时运强加给她的不公。

按照马斯洛的说法,人都潜藏着生理需要、安全需要、爱与归属的需要、尊重的需要、自我实现的需要五种(另一说为七种)不同层次的需要,但在不同的时期,表现出来的各种需要的迫切程度是不同的。

中国有句俗语,叫作"宁为太平犬,莫作乱离人"。在那生命卑如蝼蚁草芥,随时可能遭到铁蹄践踏,撞上刀光之灾的战乱年代,"安全"的心理需求,极有可能会最大限度地扩张。而"爱与归属"的获得,在那饿殍遍地、尸骨暴野的纷乱时局,又该是一份何等稀缺的人生犒赏?

当命运把你捧上高高的云端,让你飘飘欲仙,以为从此远离凡尘苦海,它却又即刻变脸,不由分说,把你狠狠地砸向无底深渊——这样的时刻,肉体与灵魂的双重幸福,也就化为了生命根基的双重塌陷!

浪漫到极致、甜美到迷醉、幸福到屏息的心灵,瞬间变得如此空旷荒芜,寂寥凄凉到主体躯壳无所归依……

有时候,活着确实比死亡需要更大的勇气!

(三)无名氏其人

如果说,李范奭将军的一生,是一部叱咤风云的英雄传奇史,那么,《北极风情画》的作者无名氏,是因为对李将军"传奇"的爱慕与追逐,而成就了自身的文学传奇。

无名氏(1917—2002),原名卜宝南,又名卜宁,后来改名卜乃夫。

无名氏

1917年元旦这天,南京下关天保里一幢房子里,这家人的第四个男孩呱呱坠地。在场的人,谁也不会想到,这个看上去普普通通的婴儿,日后会在中国文坛上,留下自己的足印。

与李范奭相比,无名氏的家族谈不上显赫。无名氏的祖父卜庭柱,原为山东滕县人,最初靠走江湖卖大布为生。其后定居江苏扬州,置田地一百余亩。无名氏的父亲本名卜世良,后来改名卜善夫。卜世良自学中医,悬壶济世,在镇江、南京一带,负有盛名。无名氏的母亲卢淑贞,籍贯扬州。无名氏共有兄弟六人,其中大哥、三哥、五弟早年夭亡。存活下来的三弟兄,全都做了文化人:二哥卜宝源(后改名卜少夫),曾任《中央日报》总编辑,后创办和主编香港《新闻天地》；六弟卜宝椿（后改名卜幼夫），是台湾《展望》杂志创办人。

无名氏少小聪慧，中小学阶段，就曾在校内外刊物上发表各式文章。积极的探索与思考，使他更早地冶炼出了独立意识，也因此具备了更加鲜明的反叛精神。

高中毕业那年，成绩优秀的无名氏，因对学校联考制度不满，勇敢"罢考"，以示抗议。这种鲁莽胆气的直接后果，是他无法取得毕业文凭。这是他人生中的第一次重挫，他在后来的小说《野兽、野兽、野兽》里，记录了那次事件。从作品的字里行间，我们能清晰感受到他的愤懑与自负。

20世纪30年代，本该是无名氏苦读奋进的大好时段，然而，日本侵略者的铁蹄，已经搅得华北鸡犬不宁。无名氏一腔热血，回到南京，担任国民党中央宣传部的"编译员"，即当时的书籍检察官。可是，办公桌前的安稳生活，无法满足他激越搏动的爱国之心。随后，他几经努力，进入报界，做了《立报》的战地记者。

这个时期，无名氏四处奔走，写作了一批颇有感染力的抗战散文。更重要的是，他也因此结识了一批韩国抗日志士。这些志士在国破家亡之后，辗转来到中国，在当时的抗战大后方重庆，组建了"韩国临时政府"，以谋复国大业。这批风云人物中，就有《北极风情画》的男主角李范奭。

无名氏与李范奭的初次相见，就是在重庆吴师爷巷一号的"大韩民国临时政府"所在地。其时，无名氏在那里担任客卿。

无名氏与李范奭，虽然一青一壮，年龄上相差近20岁，但共同的家国情仇,使他们成为精神上的战友。激烈的抗日情绪,以及惺惺相惜的英雄情结,更使他俩一见如故,很快成为莫逆之交。

公元1941年,中国抗战进入了最困苦的阶段。也就是在那一年的冬天,无名氏与李范奭共居一室,两人几乎夜夜秉烛相对,促膝长谈。

艰难时局中,那一个又一个的寒冷冬夜,在狭小的居室里,无名氏满怀景仰与艳羡,恭听李范奭讲述他的战争经历与爱情故事。

无名氏曾经这样回忆那段意气相投的时光:"每夜从八点到十二点,我要听他哈姆雷特式的独白,长达四小时之久。"

那样的体己畅谈,在传媒极不发达的年代,极大地丰富了青年无名氏的人生经验:主人公的英雄气魄,像火炬一样,熊熊燃烧无名氏满腔的爱国热忱;故事里的卿卿我我,常常使在儿女情长方面,几乎还是一张白纸的无名氏脸红耳热,心跳不已。那些推心置腹、亲密无间的交流,成了无名氏终生铭记的幸福追忆。

李范奭花了整整两个晚上,来讲述他与波兰少女杜尼亚的惊艳之遇,以及战乱流离带给这段美好恋情的凄凉结局。

无名氏没有留下有关这段讲述的具体文字,但从这"整整两个晚上",我们可以窥见李范奭这段恋情的刻骨铭心。要知道,以李范奭饱经忧患的人生阅历,风花雪月,往往不过是逢场作戏,来得没有根基,去得也难留痕迹。能让这位谈笑疆场、视死如归的抗日英雄细细咀嚼、久久品味的这段恋情,必然有着不同凡响的深刻内蕴。

无名氏被这场"罗密欧与朱丽叶"式的热恋深深震撼,而凑巧的是,也就在李范奭讲述的这一年,他自己也遭遇了有些类似的爱情悲剧。

1941年,无名氏凭借自己担任大韩民国临时政府客卿的特殊身份,结识了美丽多情的韩国少女闵泳珠。

他这样描写自己初见她时的惊鸿一瞥:

"你穿一件天蓝色布袍子,缠着黑地白格子围巾,玲珑得像一条小龙,大眼睛光芒四射,掠着我,磁铁似的吸引我。我几乎不敢逼视你。从你身边走过去了,我又好几次转过头,但你却像神龙似的不见了。"

正如一切发自肺腑的初恋,无名氏对闵泳珠的情感单纯而又热烈:他常常夜半醒来,匍匐着青春的躯体,把脸庞紧紧贴在柔软的枕头上,充满激情地低吟她的芳名,感受着人生至高无上的幸福。

可是,大韩民国临时政府中几位食古不化的元老,坚决反对中韩通婚。棒打鸳鸯两飞散——无名氏肝肠寸断,投诉无门,最终不得不逃离重庆这块伤心之地,远赴西安。

了解了这段经历,我们就不难揣摩出,《北极风情画》虽然依托的是李范奭与杜尼亚的悲情故事,可也难以撇清无名氏"借他人酒杯,浇自己块垒"的嫌疑。

李范奭与杜尼亚的恋情悲剧,无名氏在自己的笔记本和心中,沉淀了整整两年。

1943年冬,在西安《华北新闻》总编辑赵荫华的鼓动下,无名氏用了20天的时间,一气呵成,完成了《北极风情画》的创作,并在《华北新闻》连载。

无名氏在男女主角身上倾注了浓烈的情感,其间,不单有着对他们飘蓬绝恋的同情与赞美,也还暗藏自己的心曲:借助"林"与奥蕾利亚炽烈无比的爱国激情,传达身居民族危亡之秋,不能挥戈上阵,却又难以遏制的报国热望。

这个故事一经问世,立即轰动西安。据相关资料,当初是人人争相抢阅,个个先睹为快,无名氏本人,也因此成了街头巷尾的热议话题。

连载即将结束之时,《华北新闻》决定出版单行本。启事发布之后,计划中的2000册,不到半个月就被预约一空,这也成为了西安出版史上的佳话。

这种畅销一时,洛阳纸贵,让作者一夜成名的空前盛况,或许,可以同歌德之《少年维特的烦恼》问世情形媲美。

巧的是,《少年维特的烦恼》也是让人感伤的恋情悲剧。据说,该书出版以后,不少失恋的绝望青年,争相仿效主人公维特的自杀方式,表达对现实世界的反叛与诀别。

从《北极风情画》的叙事里,我们不难看出,有着强烈爱国情怀的无名氏,同时还具有足够的罗曼蒂克气质。在"林"与奥蕾利亚的故事中,无名氏用极近理想主义的完美境界,诠释了自己对两情相悦的最高构想。而在现实生活里,这位文学雅士,就像粉蝶逐花一样,一生都在寻觅至爱芬芳——他总是以无比的热忱,投入生命中每段各具风采的恋情,一心渴求最美丽、最彻底地忘我燃烧。然而,不幸的是,他一生中的六段婚恋,无一不是以悲剧告终。

逃离情殇,奔赴西安后,无名氏很快又堕入了情网。这一次,他的热恋对象,是一位中俄混血女郎。

我们知道,从遗传学上来讲,混血儿有着更多的基因优势。这位叫作"刘雅歌"的年轻女子,不仅有着令人惊艳的妖娆之美,而且聪明强悍,善于逢场作戏,有游鱼一般、轻松周旋于众多追求者之间的高强本领。

这个男人眼中的尤物,曾经这样说过:"这是一个可怕的世界。在这个世界上,一个没有父亲保护的女孩子要顺利活下去,单靠善良不够,还得靠残忍。"

刘雅歌这一"独到"的生存哲学,来得不是没有依据。

刘雅歌的父亲叫刘贵斌,曾任中国驻苏联公使馆参赞。正是在此任职期间,他娶了莫斯科女子玛丽,两人育下一双儿女:女儿刘雅歌,儿子刘震亚。

抗战开始后,刘贵斌调往重庆,担任行政院秘书一职。随后,他被派往新疆乌鲁木齐,以"交通部特派员"的身份,与当时负责新疆军事政治、号称"新疆王"的陆军上将盛世才沟通,希望借助他的实力,打通欧亚国际通道。

不曾料想的是,刘贵斌这一去,竟然杳如黄鹤。他的异国妻子,不得不带着尚未成年的一双儿女,踏上漫漫寻夫路。

从汉口远赴重庆,又从重庆辗转西安,得到的消息却是:新疆道路阻隔,无法前往。情不得已,一家三口只好滞留西安。为了维持生计,母亲玛丽担任了黄埔军校西安第七分校的俄文教员,儿女也进入该校读书。身为姐姐的刘雅歌,也会抽空代课,以贴补家用。

成长阶段父亲的缺位,早早分担家庭重担,使得刘雅歌的身心发育,远比同龄人来得要早,而她也因此历练出非同寻常的世故与老道。

就连在情场中频繁进出、练就了一身钢盔铁甲的李范奭,也不得不对这位金发碧眼、修长丰满、性感撩人的特殊女性另眼相看。他这样评论说:"那位混血小姐可不像一般的中国女孩子,她是沧海里翻滚过的大蚌精,阅人多矣,真不好对付。"他甚至还坦言,自己从未经验过这样的女人。

对无名氏而言,刘雅歌无异于莱茵河上的女妖罗蕾莱,有着让他难以抵御的致命魔力。刘雅歌的一个偶然回眸,就足以使这位追求唯美至恋的"文青",无可救药地坠入孽海情渊。无名氏这样表达他对刘雅歌的由衷赞叹:"刘雅歌是尾美人鱼,美得很!一条美丽的海鱼,看见它,你仿佛看见大海的美丽,海水的变幻,你可以听见海浪奇妙的声音……"

对于刘雅歌难以操控的野性特征,无名氏当然不是没有认识。关于这一点,我们可以从他后来的爱情自传《绿色的回声》中,窥见一斑:

"这个少女杂糅斯拉夫血液,穿一袭鲜绿色西式长裙,有一副相当浓艳的脸。长长黛色画眉,施用眼油,略带晕味的眼睛,

玛瑙红的丰腴圆颊,石榴红的嘴唇,上唇薄,下唇丰满,是标准的弯弯水菱形。没有西洋女人的凹眼膛,高鼻子,一片异国情调却表现于暗棕色发鬈,淡棕色眸子,和特别白皙的肌肤。她高大的胴体,被一抹鲜绿色紧裹,分外显得饱满,生命洋溢。她神情带点男性气,甚至有十分之二的邪味。"

明知刘雅歌身上有着"十分之二的邪味",无名氏依然对她深深痴迷,不能自已。正如常言所道:"情人眼里出西施""爱屋及乌"。拜倒在刘雅歌石榴裙下的无名氏,甚至连这位女郎身上的"邪味",也极尽赞美。他这样忘情地描述:

"美女之美,有时似银色月光,水银泻地,一泻即散,不一定真魅,真有迷力。女子若似峰峦,带点山味,乍看虽非女性美,久则透彻酣畅魅劲。沾山气,而隐含杀气,更是翻江倒海迷人。"

什么叫作"热恋中的癫狂"——无名氏神魂颠倒的心态,就是一个极好的注脚。

为了赢得意中人芳心,无名氏不辞辛劳,鞍前马后,为刘雅歌一家找住房,择贤邻,还主动出资为她弟弟刘震亚治病。但凡有机会,他都会邀请刘雅歌喝咖啡,听音乐,看电影,吃羊肉泡馍。刘雅歌并不反感与无名氏的私会,她自己也会时不时地来找无名氏,聊聊文学话题,或者,借一两册好书读读。

可是,两人的关系并没有按照无名氏的期盼,渐进式地往深层发展。刘雅歌若即若离的态度,总让无名氏感到难以捉摸。在一次蜂蝶如云的盛大晚会上,趁着刘雅歌婀娜起舞、大显风头的时机,无名氏用了莎士比亚式的抒情文句,展开自己的攻势:"在我看来,世界上最可怕的,是今夜塔玛拉(即刘雅歌)小姐的眼睛,它简直像一座无底深渊,诱惑人非跳下去不可!"

四周掌声雷动——无名氏这一当众表白,既给刘雅歌的魅力添了彩,也给自己的文才加了分。

刘雅歌的回应非常巧妙,她当即翻用无名氏的句式说:"在我看来,世界上最可怕的,是今夜无名氏先生的声音。它比任何一座深渊更能诱惑我跳下去,为它粉身碎骨!"

叫好声再一次震耳欲聋。热烈的氛围,把无名氏的幸福预感,推向了高潮。

然而,正当无名氏沉酣春梦的时候,刘雅歌却闪电般嫁了人。

无名氏又一次遭遇爱的重创。可是,当他还没有舔舐干净心内的血迹,刘雅歌却又戏剧般出现在他眼前,向他倾诉自己婚姻的不幸,甚至接受无名氏热烈的拥吻。

爱的死灰重新点燃,无名氏再一次被熊熊欲火烧得通透。

可是,正如来得突然,第二天,刘雅歌又从无名氏的视野中遽然消失。

等到1948年岁末,两人再次重逢。此时,无名氏已经年过而立,而刘雅歌呢,正同第二任丈夫分居。

虽然岁月更替,无名氏的心灵不再是白纸一张,任由涂抹,可是,花残叶败的刘雅歌依旧让他怦然心动。而憔悴失意的刘雅歌,似乎也珍惜起无名氏的一往情深,婉转表达出自己投怀送抱之意。

两人的关系看上去是峰回路转,无名氏刻骨铭心之恋仿佛

就要修成正果了。然而,毕竟时过境迁,成长了的无名氏,多了一层自我保护意识。更何况,陈旧的创伤也会时时作痛,提醒他警惕这个曾经搅得他肝肠寸断的女魔头。

后来,在好友的劝诫下,无名氏挥泪斩情愫——选择了同刘雅歌彻底分手。

谁曾想到,这一别,便是沧海桑田。不久,新中国成立。此后,两人一个隐居杭州,一个几经辗转,远渡重洋,定居美国,从此再无相聚之日。

继刘雅歌之后的两段恋情,也曾让无名氏品尝到齐眉举案的和美与甜蜜,可惜,这两位玉人都身患绝症,年纪轻轻便撒手人寰,荒烟蔓草,冷卧孤坟。无名氏依然鸾只凤单,形影相吊。

此后,无名氏有过两次正式婚姻,但都以离婚而告终。而自从遭遇后任妻子无情弃绝与大力挞伐后,无名氏的浪漫情怀,再也无从寄托。

无名氏在《北极风情画》里倾情铺写的绝恋,成了他追逐一生,却难以企及的梦境。

无名氏的著述,前期还有《塔里的女人》,后期有七卷巨著《无名书》等,本文不再赘述。

(四)关于《北极风情画》

本部分回到《北极风情画》这一正题。

本书采用了双重叙述的套叠结构:首尾的文字,两相呼应,构成一个大口袋,用以容纳主体故事;主体部分呢,又用了当事人的倒叙,来引出十年前的热恋追忆。

两个层面,均用第一人称叙述,因而,文中有两个叙述者。而这两个"我",分属于不同人物。

第一层面叙述者的身份,作者没有做明晰的交待。这一层面的"我",只说自己因为"患剧烈的脑疲症","从河南前线回后方西安静养"。至于这位静养者的具体职业,只能靠读者自行揣摩。

从文字表述来看,这位"我"热爱生命,亲近自然,思想活跃,敏感好奇,长于人际沟通。种种迹象表明他是一位独立进步的文化青年。这一青年才俊形象,折射出本书作者的个性风采。

这个形象在故事中的使命,是为了引出恋情主角"男一号"。而这个"我"在小说传播方面,能够有效增强故事的真实感,起着拉近与读者的距离的重要作用。

稍加留意,我们就会发现,无名氏把这个"我"与"男一号"相遇的时间,安排在了1942年岁末——比起无名氏从李范奭口里获取故事材料,这时间推迟了整整一年。

这样的安排,同样有着贴近读者的意图。这是因为,人们对事物的心理关注度,通常会随时间的流逝而递减。小说的写作与连载时间,是在1943年11月,而发生在上一冬这么近的故事,特别容易激发读者的贴近感与现实感。

作品通过"我"在华山的疗养生活,来引出书中的爱情主角——东北抗日名将苏炳文的部下幕僚,上校参谋"林"。这个身份,正是影射恋情材料提供者李范奭。而"林"告知"我",自己一生中至少变更过二十来个姓名,这一点,也与李范奭的传奇经历两相吻合。

小说开篇,作者凭借"我"的观察与感受,极力渲染这位"林"参谋的种种反常表现,凸显他的颓唐、冷傲、遗世孑立等等怪状,刻意让读者产生不可理喻之感。这样的处置,除了展示人物的性格特征,暗示其遭际的不同寻常之外,最主要的功用,还在于制造悬念——激发读者追根究底的探索欲望,促使他们迫不及待地阅读后文。这用于连载文章,自然是一种吊胃口的好手段。

大口袋里面的内容,是"林"十年前的往事回忆。整个故事,用"林"与奥蕾利亚的恋情主线贯串:

先用简短的一章,交代背景。接着是男女主人公雪夜误吻,再到两人相识相恋。继而进入容易发生误解的"磨合期",误解消除后情感迅速发酵,接下来便迎向了男欢女爱的巅峰高潮。云雨沉酣之际,却又被迫分离,于是,一个绝命黄泉,一个孤旅天涯……

故事的背景,依然脱影于李范奭真人蓝本:1932年的冬天,"林"所在的部队同日军做了一次殊死战斗,因为损失巨大,不得不撤退到满洲里。

需要补充说明的是:处于中俄边界的满洲里,当时是东北各路义勇军的汇集中心。自"九·一八"事变之后,为抗击日寇对我东三省的大规模侵犯,中国各阶层的爱国志士,风起云涌,自发组织抗日武装。这些来自四面八方的骁勇之士,在极其艰苦的条件下,舍生忘死,奋勇杀敌,保家卫国,气贯长虹。

义勇军最强大的时候,总人数发展到30万人。白山黑水之间,到处留下了他们艰苦转战的深深脚印,流传着他们可歌可泣的英雄故事。这些正义之士,用自己生命的如椽大笔,在中国抗战史上,撰下了一页页永不褪色的鲜血实录。

可是,这些义勇军组成人员复杂,缺少统一调度,更缺少武器弹药与必要的后勤保障,再加上武装精良的日寇疯狂反扑,他们很容易遭到各个击破,所以,经常有军队往满洲里撤退。

小说中的"林"这样描述:

"这些勇敢的战士们便一直与日寇周旋,只可惜有消耗而无补充,后援不继,终于不得不作大规模退却。领导他们撤退的,就是日后由欧洲返国的马占山李杜苏炳文几位将军。

到了满洲里,与俄方交涉后,准许我们暂时侨居西伯利亚。当时,日寇用尽各种外交手段,想索回我们这一批人,特别是马李苏三位。为了避免日本政府的意外麻烦,当局便把我们隐藏在西伯利亚的托木斯克,一个偏僻地区。"

这正是历史的真实记录。

正如现实中的李范奭与杜尼亚,"林"与奥蕾利亚就是这样,被时运巨掌拨弄,相遇在托木斯克这个极寒地带的冬夜。

可叹的是,时运之掌一方面促成了这对烈火凤凰的相遇,另一方面,当他们双双深陷情网,灵肉相依,再也无法完整剥离的时候,它却又张开它那无可抗拒的魔爪,把缠绵一体的恋人,鲜血淋漓地往两下里撕裂。

依照小说中的描述,两人从初相识到苦别离,时间是由冬到春。掐指算来,不过百十天的时间。迷醉在热恋中的情人,主观上的时光几乎是静止的——他们的大脑会下意识选择,滞留在那最幸福的时段,因而往往感受不到身外的变化。殊不知,在那第二次世界大战即将全面爆发的历史时段,国际形势纷繁复杂,充满了各种各样难以预测的变数——公开与暗地里的争斗与融合,拉拢与裂变,时时刻刻都在运行。

小说这样描述主人公遭遇的情势突变:

"想不到才返回收容所,里面竟出现异乎寻常的气氛,我吃了一惊。这时,胖胖的同事 A 上校交给我一份通知书,是马占山将军特别发给所有高级军官的。

看完通知书,我才明白,在我旅行期间,发生了一件大事。

这时候,中国驻俄大使颜惠庆先生早抵莫斯科,中俄已正式复交。双方会商结果,对我们这批从东北撤退的人,决定作如下措置:

一、所有士兵及中下级军官一万余人,由俄境转新疆地区归国。

二、所有上校以上高级军官,由托木斯克搭火车赴莫斯科,转波兰,再经德国、瑞士到意大利,乘海船回国。

三、所有高级军官眷属,搭火车赴海参崴乘船回上海。

两星期后,中下级军官与士兵及其眷属们,将由数名高级军官率领,先后出发。我们这一批高级军官,须于四日内摒挡一切,准备启程。换言之,除今天外,我在托木斯克只能再逗留三天了。"

这也应该是现实中的李范奭离开杜尼亚的真实原因。

鉴于两人身份背景的巨大差异,对于双方长相守的艰难,小说中的"林"早有预见,他也就此与奥蕾利亚做过深入商讨。"林"甚至动起了让奥蕾利亚母女改装,混进遣送队伍,一同回国的念头。

然而,现实并没有向恋人乐于预见的方向发展,遣送的具体举措,粉碎了"林"一厢情愿的细致规划。

"林"没有被轻易击倒,为达目的,他不惜编借口,拖时间,找说辞,甚至不顾尊严,屈下男儿黄金之膝,跪求李杜将军。只是,他能抓住的一切手段,全都无济于事。

个体的力量终究掰不过国际规则的铁腕,分离,成了这段苦恋的必然结局。

或许,有读者会揣想,既然双方如此深情,"林"为何不选择自己留下,就像同时代那位自愿退位的爱德华八世——抛却江山,抱得美人。

问题在于,爱德华八世这样的人物,绝不是男权社会的主流。

自从"男主外,女主内"的分工形成,社会对男性的评价标准,就转向了事业的成功度。在这样的观念支配下,男人"自我实现的需要",就是在双翼强健有力的青壮时期,奋力搏击社会长空,开创自己的那片广阔天地。

考琳·麦卡洛的小说《荆棘鸟》，就塑造了这样一个经典形象：拉尔夫神父为了实现自己做红衣主教的狂热梦想，残忍斩断了一生的至爱情缘。只有当他年老体衰，曾经雄健的双翼已经颓败，这才回归凡尘，深切品味亲情灭失的那份锥心苦痛。

前文曾经强调，作为王族后裔，李范奭毕生的奋斗目标，就是复国兴邦。爱德华八世退位，英国王室江山依旧，而李范奭如果抛戈弃甲，那就意味着安于亡国命运。要知道，那个英雄辈出、豪杰林立的动乱时局，对李范奭这种渴望建功立业的血性男儿而言，正是锻造自己的倚天之剑，屠龙除鳖，大显身手的绝好时机。他又如何能弃绝金瓯无缺的宏大理想，龟缩进二人专属的狭小世界，安享寻常巷陌的庸淡生活呢？

李范奭曾经这样向无名氏表述："战争时期的桃色事件，有时像舞场爱情，不过是一支烛光，风一吹就熄灭。"

这话不应该视为逢场作戏的浮浪。多年以来，李范奭转战壕堑，拼杀疆场，长期在死人堆里摸爬滚打。像他这种在枪林弹雨中历练过的军队统领，生命亦如"一支烛光，风一吹就熄灭"。在这样的生存背景下，爱情实在是一件奢侈品——即便有机会获得，他们也无法为其提供长效的安全保障。

以李范奭为蓝本的"林"，在个人情感与国家重任的选择面前，绝不可能卸下邦国重任，甘作战场逃兵。且不说"林"本人，就是奥蕾利亚，不也把自己的思国怀乡之梦，融进了"林"的英雄大业么？那她又怎么能接受一位"儿女情长，英雄气短"的平庸之辈，并且把自己内心最隐秘的渴念，埋葬在这种凡人身上呢?

作品就这样,真切地揭示了"林"与奥蕾利亚恋情悲剧的不可逆转。

如此看来,《北极风情画》中的"北极"二字,除了点明故事发生地托木斯克极寒的自然气候外,恐怕也暗示着主人公所处的时局背境,具有杀人不见血的冷酷高寒吧?

为了充分展示"林"与奥蕾利亚恋情的至善至美,使奥蕾利亚的殉情具备合理的内在驱动,无名氏特意砌下三根基柱,构筑两人爱的城堡。

第一根基柱,英雄美女的常规引力。

"林"与奥蕾利亚的初会,源于奥蕾利亚"认错人"的美丽错误。享受那个突如其来的热吻,"林"多多少少有些占便宜的心理。按照他的说法,其后,自己"毫无纠缠的意思"。可是当他目睹奥蕾利亚芳容,被她的美艳震惊后,即刻打定主意,穷追到底。

小说这样极写奥蕾利亚的姣好形象:

"她披着金黄色长长鬈发,仿佛春天太阳下一田麦浪,光闪闪的。她的眼睛是两颗蓝宝石,比印度蓝天还蓝,带梦幻色彩。她的鹅蛋脸白白的,眉毛黑黑的,鼻子高高的,没有一样,不富于雕刻的均匀、和谐,几乎就是一尊古代女神的面部浮雕。她的身材苗条而修长,像一个有训练的舞蹈家,每一波姿态、动作全表现一派温柔、调协,散溢音乐的旋律与节奏。"

从这段文字,我们可以依稀看到混血女郎刘雅歌的影子。

很明显,无名氏有意暗度陈仓,把自己梦中情人的影像,投射到"林"的热恋对象上。

不过,为了尽显奥蕾利亚的完美无瑕,无名氏特意抹去了刘雅歌身上的"邪味",而换上了"天真""庄重"这类惹男人怜爱,又不敢轻易亵玩的特质。

而奥蕾利亚对"林"的态度,从小心设防到肃然起敬的重大改变,是在得知"林"的军人身份后。

"您这样年轻,就当了上校,真是——天才!我们这里的上校,胸前差不多都有一蓬白胡须呢!"

这样的惊讶与赞美,充分表露出奥蕾利亚的英雄崇拜情结。

其实,哪一个少女不是这样呢?她们总会做着同样的春梦:幻想天降一双神鹰广翼,把自己高高托举到爱的天堂!

正因为如此,这根基柱最容易得到读者认可,因而也最容易获取广泛共鸣。

第二根基柱,文学素养的情思共融。

文学,在知识青年的恋爱中,通常起着积极的催化作用。尤其是像奥蕾利亚这样的文学教员,电影、小说、诗歌,一切的文艺精品,都可能成为她心灵的营养剂,滋养她的爱情幼苗蓬勃生长。

"林"显然深谙此道。当奥蕾利亚对他初显钦敬时,他立即趁热打铁,投其所好,声称自己爱好文学。紧接着,就同奥蕾利亚聊起了屠格涅夫与陀思妥耶夫斯基等文学巨匠。在此后的攻势中,"林"常常运用"诗化"的语言,来与奥蕾利亚做情感互动。"林"还邀请奥蕾利亚同观歌剧《茶花女》,并借机与她讨论《蝴蝶夫人》和《浮士德》等等。

相似的文化修养,相同的文学爱好,使得相识不过三天的两人,交流得就像三十年的老朋友一样。

就这样,"林"充分运用自己丰厚的文学素养,轻轻松松攻入了奥蕾利亚的内心世界。而奥蕾利亚在此方面的同声回应,也激发了"林"对她的更大兴趣。"林"这样表露心迹:

"她的形体美给我的吸引力是暂时的,她的智能与高贵情愫对我的吸引力却是长期的。"

文学在恋爱中的妙用,由此可见一斑。

在此后的热恋中,他们或吟诵海涅的诗歌,或评说歌德的故事,用文采富丽的词藻,互诉情意绵绵的心声。

优质文化的灵犀神会,情思共融的酣畅愉悦,让"林"与奥蕾利亚的二人世界,充满了诗情画意,时时刻刻发散出甜蜜雅致的浪漫馨香。

这一根基柱的建立,促使"林"与奥蕾利亚的恋人关系,从两性相吸的基础上,提升到精神互娱的更高层面。

第三根基柱,也是最重要的一根——国破家亡的深度共情。

对于这个重要的心理基础,无名氏用了几乎整整一章,来做细致演绎。

在这一章里,"林"告知奥蕾利亚自己是韩国人,中国只是自己的第二祖国。"林"这样向奥蕾利亚深情表达：

"第一次世界大战以前，世界上有两个富有悲剧性的民族：一个是东方的韩国，一个是西方的波兰。在许多情形下，它们所受的苦难都相同。历史书上，我们可以看到波兰革命者反抗统治者的英勇故事，波兰女子特别现出勇敢。在历史书上，我们也可以看到韩国革命者流血复仇的故事，许多韩国人用自己的鲜血来侮辱日本统治者，叫他们脸上身上永远带着血腥味。

"我还记得，在沙皇统治下，波兰到处是镣铐与皮鞭的声音。尼古拉皇朝不许波兰人学习波兰文字。在东部波兰，只容许一种文字：俄文。"

这披肝沥胆的倾诉，极大地触发了奥蕾利亚的心灵共振。

奥蕾利亚的父亲原为波兰军官，第一次世界大战时，调任托木斯克。"十月革命"后，父亲离世，奥蕾利亚母女再也无法返回故土。

同是流落天涯，心藏相通的伤痛与屈辱；同为思念故土，怀揣等量的焦渴与期盼——两颗支离破碎的心，在万丈冰封的极地雪原，相偎取暖。

两人紧握双手，热泪横流。

"林"这样描述当时的情景：

"我们流泪互相定睛的注视着。我们的灵魂第一次真正拥抱在一起了。"

两人的亲密恋人关系，再次升华，成为贴心贴肺、深切怜爱、深度包容的患难知己。

除此之外,无名氏还运用多种手段,来暗示奥蕾利亚毫不逊于"林"的爱国情怀。

女主人公的闺房里挂着肖邦画像,就极富深意。

肖邦,这位著名的波兰作曲家,是一位炽烈的爱国者。波兰遭到俄普奥的侵略与瓜分,他痛贯心膂,由此创作了许多具有爱国主义思想的钢琴作品:有与波兰民族解放斗争相联系的英雄性作品,如《第一叙事曲》《bA大调波兰舞曲》等;有充满爱国激情的战斗性作品,如《革命练习曲》《b小调谐谑曲》等;有哀恸祖国命运的悲剧性作品,如《降 b小调奏鸣曲》等;也有怀念祖国、思念亲人的幻想性作品,如《离别》等钢琴曲。

正因为如此,舒曼才会称肖邦的音乐像"藏在花丛中的一尊大炮",向全世界宣告:"波兰不会亡!"

1837年,这位享誉世界的音乐巨人,严词拒绝沙俄授予他的"俄国皇帝陛下首席钢琴家"的职位。

奥蕾利亚选择与这样一位爱国者"朝夕相处",她那深藏的心结不言而喻。

无名氏还借助"林"的口,直接表达奥蕾利亚难以遏制的故国深情:

"她自己虽在俄国受教育,——从小学直到大学毕业,但她的思想仍深印着'波兰'的钤印。十五年来,她们的唯一希望,就是早点回到波兰。复活后的祖国,是她梦魂萦系的核心,她日夜怀念着波兰的花树、阳光、草原、流水……"

同时,"林"还如此传达奥蕾利亚回国的渺茫以及流落的艰难：

"一道无形的政治高墙,横阻在她们与祖国之间,天知道何年何日才能跨越。

"在托木斯克,奥蕾利亚的手足似乎是自由的,心灵却被幽禁着。"

虽然做着同样强烈的爱国梦,但奥蕾利亚又与"林"有着极大的不同:"林"可以公然地、勇猛地追寻自己的复国伟业,而困于现实的奥蕾利亚,不得不把深厚的爱国情怀潜藏心底。"林"的恳切呼唤,激发出她闭锁至深的爱国湍流,也激活了她逃离红色恐怖,追寻自由生活的玫瑰之梦。

这样一根基柱,把"林"与奥蕾利亚的恋情,托举到心心相印、生死与共的至爱巅峰,达成了他俩灵肉一体的完美融合。

三根基柱形融神会,把这对恋人的爱情殿堂构建得如此富丽,如此恢宏。

这种气贯天地而又细致入微的真情大爱,估计天下所有痴心男女,都会渴望身体力行。然而,现实生活中纷繁芜杂的种种因素,却让众多的倾慕者穷其一生,也无可遇求。

于是,向文学作品寻求精神寄托与情感释放,间接拓展自己的生命短板,就成为许多读者的共同选择。

本部小说一经问世,即刻受到广泛欢迎与热烈追捧,这应该是其中的重要因素。

也正因为这段恋情太过理想,太过圆满,一旦破灭,奥蕾利亚便失去了至关重要的精神依托——人世的眷念,再也拉不回她那丧失了生存热望的身心,她的凄然离世,也就在情理之中了。

客观地讲,《北极风情画》的艺术手法,还谈不上十分圆熟。比如,序幕占的比重过大,其间无关紧要的文字尚可缩减;女主人公直呼着"瓦夏"的名字登场,也容易让人误解,以为小说的主线,是她与瓦夏的孽海深情。"林"与奥蕾利亚的恋爱进程中,闺蜜叶林娜"开得过火"的"玩笑",来得有点儿莫名;而奥蕾利亚对前男友瓦夏的态度,在极短的时日内,竟从不由分说就献上"甜得令人可怕"的"拥吻",急转到发自内心的厌恶,也承转得不够细致。这些情感波澜的处理,人工痕迹较为显露。再就"林"与奥蕾利亚的热恋而言,如果抽掉章节中那些充满浪漫诗情的华丽词句,其内核的冶炼,也还欠些火候——在撼动读者心魂,触发他们深度共情方面,尚未达到理想高度。

其实,这类瑕疵,无名氏本人也心知肚明,他曾这样评说:

"《北》《塔》这类书,只是小玩意儿,它们的成功,仅由于当时市场小说太缺少真实情感,而在文字技巧上又不大讲究……我一直是自己极严厉的良心法官,尽管外间不断传来可喜的消息,我却并不因此踌躇满志。"

尽管如此,《北极风情画》依然不失为书坊经典。即便今日开卷,文中浓墨重彩渲染的纯美恋情,依然是余香扑面,而它字里行间保存下来的时代记忆,随着时光流逝,也会弥显珍贵。

结　语

　　评论写完了,心情却并不轻松。正如我们观看《辛德勒名单》《逃离苏比波》《苏菲的抉择》《南京！南京！》这类荷载二战历史的影片,其间暴君恶阀那种丧心病狂的兽性,落败民族那些惨绝人寰的苦难,总会深深刺激我们的神经,让我们难以释怀,而无法舒心惬意地去做艺术赏鉴。

　　纵观人类历史,攻伐,战乱,杀戮,掠夺,往往是一波未平,一波又起。凶猛之时,有如十二级飓风,狂涛相激,天晕地颤,寻常百姓不过是随波逐浪的细鱼微虾,生死由天,哪里还敢奢求一己之福？

　　与那些泰山珠峰类重磅级的文艺大片比起来,《北极风情画》更像是一首充满异国情调的苦恋小曲,虽然它不能以千钧之力,重击人类的良知,但它在那特定的历史背衬上,缠绵无尽地回响,也能久久拨动读者心弦,让我们细细品味其间舍身赴难的家国情怀,以及情爱之巅的烂漫韵致。

　　感谢无名氏先生,用他的青春激情与华丽词采,给我们留下了一册小小的历史珍藏,同时,也让我们在悲歌余韵中,学会珍惜和平岁月里的身边幸福。这部书中那些活力四射的文字,很容易引领我们,走进那个动乱不堪的时段。我们也因此能够身临其境,用心体悟:亲人间平平淡淡的相依相守,原来竟是如此来之不易！

　　王小眉 2016 年春于玻璃江畔

【一】

一千九百四十二年夏季,我患剧烈的脑疲症,遵医生劝告,从河南前线回后方西安静养。由于市廛喧嚣,友朋酬应过繁,思想始终不能安静,脑疲竟一天天更厉害起来。有时,只要稍为多看一点书,就会在椅子上晕过去,可怕极了!最后,我发了个大愿心,去华山休养一段时期再说。

这年秋天,我到了华山,寄居五千仞上落雁峰白帝庙。两个月过去了,脑病竟渐告痊愈。这时本该下山,我却留恋不舍,拿不定决心、离开我的许多好朋友们:这些奇丽可爱的山峰。

我说,这些山峰是我的好友,一点也不夸张。谁只要游过华山,就别想忘记那些迷人的山姿恋影。它们好像一些活蹦乱跳的美丽野兽,永远潜藏你的心灵深处,你无论如何也赶不跑。在华山两月，我没有一友，却又有成千成万朋友：它们就是山、树、草、石、月亮、太阳。这个时期，我不再是"社会人"，而是"自然人"，像五十万年前老祖先"北京人"似的。

我把生活调理得尽可能诗化。每天清晨，我和太阳比赛谁起得早，这个锦标，不用说，常属于我。迎着薄寒，我一口气跑到朝阳台观日出，看那又大又红又圆的太阳宁静的升起来，像一座灿烂的神。对着太阳，我张臂狂啸三声，或背诵两首华特曼①礼赞太阳的诗，接着，就奔赴泉水边洗脸。早餐常在松树下用，我吃馒头时，树上松鼠也唧唧嚷嚷着啃松子，百鸟则在歌唱。有时，我投一把馒头屑在地上，一些野鸟飞下来啄食，它们的声音与姿态，对我只显一个意义，就是：生命！生命！生命！早餐后，我斜倚树身假寐，谛听泉水的音乐，这里面，有钢琴、提琴，有抒情曲、夜曲，酒一样的、把我迷得醉醉的、甜甜的，好静又好舒服啊！近午时分，我脱光衣服，躺在仰天池洁白大石上作日光浴，一朵朵白云似从我身上滑过去。午饭后，我满山乱跑，由落雁峰驰到玉女峰，自玉女峰又冲到五云峰或朝阳峰。我不叫脑子里有一芽思想。我让四周的山、树、云、阳光、泉水，来麻醉我、刺激我。有时，偶从路边看见一只美丽甲虫，我就坐下来，和它耍个一会。有时，找得一些斑斓的鹅卵石，我就一枚枚的投入泉水，听它在水面激起的优美回音。有时，为了帮助蚂蚁搬粮食，也忙个一阵子。有时，攀危石采一些野花，编织花环，直至日落西山，

---

①现多译为"惠特曼"。

才怡然而返。晚饭后,我坐在大殿一个阴暗角落上,听道士念诵晚经。钟鼓声、木鱼声、磬声,以及浓烈的香烟,使我呼吸到宗教的幽静,直至神思恍惚,身心似入梦境,才像梦游人似的,返回丹房休息。

就像这样,无思无虑,我的脑病才迅速痊愈。两个月终了,我的日记上只留下两句话:

"许多脑子有毛病的人,为什么不来请教华山这位伟大医生呢?"

我既对华山依依不舍,发生狂恋,便决定住到年底再走。理由有三。第一,我要把脑病斩草除根,彻底治好,以免将来复发,只有在华山这样的安静环境才能好好养病。第二,我的感情太浮,许多事情常沉不住气,我决心要把自己的性格培养得冷静点、深沉点,这只有在华山这样孤独冷清的环境才行。曾有人说过:"经在口头,佛在心头,十年面壁,顽石点头。"这是指达摩祖师的苦行而言。我虽不能像达摩十年面壁,至少也该择一个清静环境来体炼体炼。第三,生命太短,机会难逢,谁知道将来什么时候才能再登华山?我何不藉养病的机会,在我的生命史上,与华山结一段较长久的姻缘,以供他日回味、咀嚼、思忆?

我当即把这一决定告诉庙中住持,一个姓袁的老道。他生得鹤发长眼,满脸朴厚之气。他倒还好,没有说什么,只是警告我:冬季山上冷得很,常常有些小野兽冻死,得特别当心才行。我对他说:"身子冷一点没有什么,只要心热一点就行了。"他听了这话,笑了。这老道年已八十,是五十年前入华山修道的。他来的时候,正当甲午中日战争发生,左宝贵在朝鲜平壤死战牺牲。现在,第二次中日战争已进行五年了,他的足迹仍未出山。近数载,他已经四五年未看报纸了。我上山第一天,他曾问过我:"先生,上山来的先生们,常和我谈什么'炕热'不'炕热'的大道理,'炕'当然是'热'的啦!这有什么道理可谈呢?他们的话,真比张天师咒语难懂。也许我耳朵聋了,听不清爽吧!"我听了他的话,才知道这"炕热"二字是"抗日"的讹音,我没有回答,只笑笑。我不想和他谈抗日大道理。这太费时间。像他这样的出家人,早把国家抛到九霄云外,我又何必拿红尘烦恼招惹他?而且,他出世太久,和我们红尘人也难沟通,我又何必虚耗时间?话说回来,这老道的脑子虽说和我一样,有点毛病,身体倒异常健朗。他一顿饭能吃半斤馒头,从山脚登山顶,五十里陡峭山路,不消六七个钟头,就走到了。庙里庙外的事,他也料理得井井有条。仲冬,有些道士下山避寒了,全仗他主持庙务。

秋渐尽了,冬季来临,天气一天比一天冷,袁老道终于和别的老道们陆续下山,在山脚下的玉泉院过冬了。只留下一个年轻道士和一个烧饭的长工,看守庙宇。庙内分外现得冷清起来。我倒不感寂寞,不时看看佛经,消磨时间。这样,很快就是阳历年底。

按我原来计划,打算在1943年元旦那天下山,算是昨死今生,完全逃离疾病与死亡的威胁,从今以后,可以脱胎换骨,重新做人了。除夕前一天,我感觉分别华山之时渐近,说不出的有点难过。这一天,虽然冷得要命,我仍去各座山峰上盘桓许久,好像小孩子要离开母亲似的。

返回庙里，很迟才进丹房休息。睡了不久，一阵古怪得可怕的巨吼声，忽然把我摇醒了。我披衣起坐，侧耳细听，原来是山风大作，狂啸如虎。只听得窗外一阵阵怪叫不断冲过来，猛恶极了，直似千军万马作梯队冲锋。声音越来越大，势若翻江倒海，怒潮奔腾，似乎要把全华山吞下去。窗板被刮得"轰轰隆隆"响。整个屋子晃动得厉害。我坐在丹床上，仿佛坐在骇浪滔天的小船里，随时有翻船可能。听着风声，我不禁害怕起来。据老道说，华山冬季，有一种狂烈的奇风，能把大树连根拔起来，人在风里走着，就会被吹得跌倒，因此，庙顶全是铁瓦，有些柱子也是铁的，庙基则是极坚固的巨大岩石。当年建筑这些庙宇时，真是费尽心血。夏秋之际，好容易把屋架子与梁柱架好，冬天瓦木匠下山避冬，次年上山时，那些屋架子早被吹得无影无踪，杳如黄鹤了。

窗子越震越响，屋子越摇越凶。随着窗外大风，想起老道的话，我越想越怕。

"看今夜这样狂风，我住的这座楼房很可能被吹倒。如果它一倒坍，连人带桌椅床铺全会滚到岩壁下面，从五千仞高峰顶直摔下去……"

据老道说，一个人若从峰顶摔下去，至少要到华山一百里外，才能寻到尸首。

"假使我就这么睡在床上被摔到一百里外——"

太可怕了。我不敢再往下想了。

"怎么办呢？逃？不逃？还是等死？"

一个又一个恐怖的疑问闪动在脑子里。

正恐怖着,忽然,一阵天崩地裂似的倒塌声响起来。

我吃了一惊,以为落雁峰真个倒塌了。索性闭上眼睛,心一沉,等待死亡末日降临。谁知过了一会,这倒塌声竟又没有了。我临时胡猜:大约是庙外一些松树被吹倒了。不久,一阵阵倒塌声又不断响了,锤子似的敲打我的心。我一面怕,一面胡思乱想道:

"完了,完了,今夜我也许完了!"

【二】

胡思乱想,一夜未合眼。快到黎明时分,房内特别冷,实在倦不过,才昏然入睡。

不知是多少时候,一觉醒来,风竟停了。举眼向窗缝一望,只见外面一片白光。我不禁雀跃而起:

"这是雪!雪!雪!下雪了!"

一个上午,我斜倚窗子,看了半天雪。午后,雪住了,我决定上落雁峰顶仰天池去看华山雪景。这是我在此峰的最后一个下午了。明天这时候,我的身子或许已在山半腰或山下了。我得好好利用这个下午。

我拄着手杖,踏雪登落雁峰顶。一路都有铁链围在岩石边,路并不难走。不消半个钟头,我就攀上仰天池。

我恍然大悟昨夜那一阵阵倒塌声,原来真是一些高大松树被刮倒了。多可怖的华山狂风!真是名不虚传。

现在,虽无风,峰顶却冷得可怕,一股股寒流,锥子似的刺入肌肤,我纵穿皮袍棉裤,还是觉得冷。

"这一片雪景太难得了,冷一点算什么!反正明天我就下山了。"

我一面安慰自己,一面眺望雪景。我不知道自己是在地球面,还是在另一个星球上。

有谁伫立华山最高峰顶看过雪景么?啊,太美丽了!太神圣了!太伟大了!那不是凡人所能享受的。只有在神话里生活的人,才有这样眼福。那并不是雪景,而是一座座用万千羚羊角堆砌的建筑,通体透明,洁白芳香。整个华岳又像数不清的北极冰山,化宇宙为银色。这里,人只有一种感觉:白色。这白色充满你的眼睛、你的思想、你的心灵、你的血液。你会觉得思想是白的,声音是白的,你的情感你的一切都是白色的。这里,白色就是上帝,是最高主宰,它把华山一木一草全染成白色,再不容许第二种色彩。

望着望着,自己似乎整个溶化了。我仿佛觉得,自己每一个细胞全变成白色,变成雪。我身前身后,是白色的酒之海,使我从头到脚沉醉在里面。

这样沉醉,不知多久,忽然间,一个黑色形体出现在白色海里。它慢慢蠕动、转移,正对着我的方向。它像一棵树,逐渐向我走来,渐渐在我眼前明显起来。我突然吃了一惊,从醉梦里苏醒。

"啊,这是一个人!"

是的,这是一个人,一点也不错。这个人已爬完落雁峰最后一级石磴,走近仰天池了。

这个人与其说是一个人,倒不如说是一条野兽,更适当点。他年约四十左右,有着野兽一样的强烈眼睛,野兽一样的魁梧身子,野兽一样的沉静脚步。他头戴一顶破旧水獭帽子,帽招子直遮住脸颊,一件破旧的镶水獭领子的黑色呢大衣裹着身子,把他装饰得狗熊一样笨重、滑稽。实在,他的帽子与大衣太破旧了,有好几处,都现出铜钱样的大洞,照我们南方人说法,就是"卖鸭蛋"了。他身上至少卖了六七个"鸭蛋"。但大衣质料倒不错,是道地俄国货,只可惜穿得太久了。

他拄着一条剑阁产的蟠龙手杖,在仰天池边站定,离我只有四五尺了。

我又对他的脸端详一遍。在这张脸上,我看出一种极颓唐厌倦的神气,眉宇间,有时还偶然露出一种狞恶、讽刺、傲慢的表情。他好像对一切都不满意,只有四周美丽雪景,才稍稍能吸引他的注意。

从前,我读过一个天才舞女的自传:有一次,她发请柬,邀一位著名的瑞典文学家去看她表演;他拒绝了,复她一张字条:"我许久没有出门了,我讨厌人类!"

离我只有四五尺远的这个陌生怪客,令我想起这位瑞典文学家。我想:他们大约都是一个模型铸造出来的。

我的想法并不错,不久,就被铁一般的事实证明了。

本来,游过华山的人,都有一份经验,就是:当你一过苍龙岭和金锁关后,遇见任何一位上山客或下山人,你都想同他打个招呼,说两句话。这种神秘心理,两千年前,就被庄子道破了。他说:"夫逃空虚者,闻人足音,跫然而喜矣。"你所爬的山越高,你的四周越空虚,所见到的陌生人,也愈觉可爱。只有当你完全脱离人群时,你才觉得人群可贵。

基于上面的神秘心理,不用说,我对身旁的陌生人,自然感到说不出的亲切。不仅亲切,我还很好奇。试想想,这样的大冷天,而且还是除夕,竟有人冒大雪,爬上华山最高峰,喝西北风,这个人如果不是疯子,也是怪得不能再怪的怪人。入冬以来,这一个多月,我就未遇见一名游客。我原以为自己够怪了,想不到竟还有一个比我更古怪的人,这怎能不叫我发生好奇心?

其实,就我的个性言,我是不大爱说话的。我曾经统计过:在这1942年最末一月,我总共说了不到十五句话,平均每两天才说一句话。我和那个烧饭的长工,几乎一直在演哑剧:点点头、摆摆手、拱拱腰、踢踢脚,最多哼两声,就算是说话了。话虽如此,此刻,我却极愿意和这位陌生汉子讲话。

我向他打了个招呼:

"先生,您是一个人上山吗?"

他点点头,连哼也没哼一声。他在看山下雪景。

"您是昨天上山的吧?"

他再点点头,仍眺望雪景。

"那么,您昨天是憩在北峰,还是东峰?"

他并不回头,只哼了个"东"字。

他待理不理,这种冷淡神情,实在叫我起反感。我想:这个人的心,大约正和华山冰雪一样,又冷又白。

在这样人迹罕见的五千尺高峰上,他遇见和他一样有眼有鼻的人类,竟这样冷酷无情,真有点不近人情。

我向他狠狠盯了一眼,忽然生起疑心,且有点害怕起来:"他或许不是人,是鬼吧?"他如果不是鬼,是人,绝不该这样冷酷。

我一面怀着鬼胎,一面孤注一掷,背城一战,向这陌生汉子作最后挑战。

"先生,您今晚不下山了吧?在南峰庙里憩?"我脸上满堆着笑。

"不'下'了。"他始终没有回转头,一直在俯瞰雪景。

感谢他的恩典,这次多挤出两个字。他似乎不是回答我,而是赏赐我;他的每一个字,仿佛比珍珠还珍贵。如果说,罗马的尼罗皇帝,是世界上最傲慢自大的人,这陌生汉子,比尼罗还傲慢五倍。

瞧着他的冷酷背影,我越想越气,终于提起手杖,头也不回,离开仰天池。我绝不想和这样一个夜郎自大的人同在一起呼吸空气。

我走下山峰时,他仍在观赏雪海,连看也不看我一眼,这更增加了我的不快。我加速脚步,恨不长着翅膀,一口气飞下山,永不再和这个人见面。

【三】

吃晚饭时,我才跨入食堂,就微微吃了一惊,这陌生汉子正在喝素酒,嚼豆腐干,吃炒鸡蛋,啃馒头。庙里有一种白干,道士美其名曰"素酒",其实酒性很烈。这陌生汉子一杯杯的喝着,好像喝白开水,一点不在乎。

那个年轻道士,有点类似白痴(也许因为道行太深之故),终日除念经外,难得说话。长工则是深度近视眼,耳朵又有点聋。我们三人,平常吃饭,几乎无话可说。这陌生汉子更是铁锁泥封的嘴,看情形,就是扔手榴弹炸他,怕也难得炸出两句话来。因此,我一吃完饭,立刻离开饭桌。当我离开时,那陌生汉子还在喝酒,咬豆腐干。

返楼上丹房,我不断来回踱方步。我想,今天是除夕,家家户户,团圆欢聚,喝酒猜拳行乐,谁料到我会在这样一座冷清清的山头消磨?并且还遇见这样一个古怪的陌生人?

这样想着,愈想愈懊恼、愈别扭。终于,我又好笑起来。反正明天下山,离开这里了,又何必呕①这些闲气?倒不如早点睡觉,多休息休息,养足精神,明天好赶路。

计议既定,我特别破例,提早睡觉。睡了不久,便听见一阵低沉的脚步声。我猜就是那位陌生怪客。他在客堂内枯坐一会,旋即回到我对面那间丹房里。庙里为了便利游人,本预备了一些丹房作客舍,我的丹房和对门的,是全庙最优雅最宽大的两间,每间房里,有两座巨大的丹床,原是给集体游客憩宿的。现在,因为游人稀少,我和那位陌生汉子,便各占一个大丹房,极舒适之能事。唯一美中不足的是:稍嫌冷清一点。

倒在丹床上,翻来覆去,睡不着。我不断盘算将来的事。这次下山,究竟怎样开始新生活?上前线乎?在后方乎?干文化工作乎?做公务员乎?……越盘算,越兴奋;越兴奋,越睡不着。夜半时分,好容易自我催眠,正欲入睡,一阵轻微的脚步声猛然把我惊醒。脚步声轻极,也神秘极,分明有人在客堂内走动。

"这样深更半夜,有谁在外面走动?"

我不禁感到好奇,轻轻坐在床上,从板壁缝中,向客堂里张了张。不张犹可,一望,我几乎骇了一跳,一番怪诞得接近可怕的景象紧紧抓住我。

---

①怄。

那个陌生怪客一手擎白色烛，正从丹房内走出来。他没有戴帽子，长长的头发乱披在脸上，像一条条小毒蛇。他的眼睛缠结着血丝，脸色苍白如死，唇边染着斑斑殷红血迹。这个深更半夜，他所显露的相貌，和我白天所见的，大不相同了。白昼所见的，是一头野兽的形貌，现在所见的，则是一种鬼魂与死尸的形象。世界上最恐怖的面孔，是绞死者的面孔，他此刻正是：歪扭、苍白、绝望、惨厉、阴森。

幽灵似的，他踱到客堂里，轻轻把蜡烛放在桌上，然后从壁上轻轻取下那架桐木古琴。这具琴原是客堂中的装饰，弦柱子早已坏了，六根弦全松弛着，无法弹出声音。

这怪客取下琴，显然不是为了弹奏，而是为了回忆。他把琴安置在桌上，坐在一张红漆方凳上，轻轻抚摸它，深深锁皱眉头，眯细眼睛，似要把自己整个身心钻入回忆。他沉思着，沉思着，忽然站起来，悄悄在室内来回走着。走着走着，他突然轻轻跪在地上，摊开两臂，手掌向上，仰起脸孔，似在祈祷，又似在做一种极沉痛极哑默的呼吁，对苍天的呼吁。这时，他脸上所显示的苦痛表情，除了用但丁炼狱里的鬼魂来比喻，我再想不出别的。

我看着看着，不禁浑身发抖。我好像又变成一个孩子，又恐怖又迷爱的听一个白胡子老人讲狐鬼故事。"我究竟是活人，还是死人？"渐渐的，我对自己也怀疑起来了。我差点怀疑自己也是缢死鬼之类了。

正怀疑着，这怪人已从地上站起来。出于我意料的，他回到房里,戴上皮帽,竟又走出来,轻轻下楼了。

我的疑心越来越重,终于鼓起勇气,决定探究这位神秘客人的行踪。

三分钟后,我也轻轻爬下床,穿好衣服,走下楼。

满院子全是雪,照耀得庙里极明亮。我看见那神秘客人在雪上所留的新足迹,便跟踪到后门口,又由后门口追到庙外。

一出庙门,我就发现那怪客远远在前面走,直像一个梦游病者。山上到处是雪,一切光明如白昼,人的影子长长的拖在雪地上,清晰极了。我为了避免被发觉,便弯下身子前进,和他相隔约莫四五丈远。

他走着走着,到达落雁峰杨公亭畔,便停住了。亭子前面,就是陡峭的削壁边缘,石头上雕刻四个大字:"五千仞上",现在却被雪完全覆住了。

我悄悄躲入一丛灌木林内,偷偷看这个怪人究竟做些什么。

他其实并没有做什么,不过在亭子里来回徘徊,且不时停下足步,向极北方瞭望。望一会,又开始徘徊,徘徊一会,他又开始瞭望。瞭望复徘徊,徘徊复瞭望。最后,他站着不动,做了一个极长久的眺望,一面望,一面不时看腕表。

我潜伏着,屏住呼吸,一动也不动。终于,我听见一阵惨不忍闻的声音:出于意外,这竟是他的歌唱。天知道,这哪里是歌唱,简直是受伤野兽的悲鸣,是濒死豺狼的哀吟,是母亲抱着被杀死的孩子时的惨叫!有生以来,我从未听过这样悲凄的歌声。

华山雪夜太美了,令人不能忍受的美丽。四周却是死样的静,像刚发生谋杀案。在这样的美丽与死静中,歌声分外现得凄厉而悱恻,像千万把飞剑似的,笔直刺入我的心脏,我的泪水不禁断续滴落着,不由自己。

唱着唱着,他猛然走出亭子,直向悬崖削壁走去,离它越来越近,眼看就要滚跌下去了。

一种说不出的恐怖捉住我,我也顾不得他是人是鬼,是野兽是幽灵,突然跳出灌木林,用尽全身气力,向他冲去。

一面狂跑,一面呼喊:

"站住!不要动!"

他听见喊声,僵尸似的停下来,一动也不动。

我一口气冲到他面前,不顾一切,死拖住他的膀子,把他拖出悬崖边缘。一边拖,一边用满腔热诚对他喊道:

"朋友,你千万不能寻短见,世界上生路多得很!"

他被拖到亭子旁边,莫名其妙的望望我,突然冷冷道:

"你这是算什么?"

"我不许你寻死!"我向他大声吼。

他鼻孔哼了一声,冷冷道:

"我并没有寻死。"

"你没有寻死?干吗往悬崖边上走?"

"这是我的自由。你没有权利干涉我的自由。"他仍然冷冷说。

我愣了一愣,蓦的"扑通"一声,跪倒雪地上,用诚恳得不能再诚恳的声音对他道：

"先生，我向你叩头了，请你再不要这样冷言冷语，好不好？我们都是人类，并不是石头，人对人为什么一定要像石头一样？你能不能对我少冷酷一点？"

听到我的发自内心的声音，他似乎稍稍有点感动。他扶我起来，深深叹了口气，用比较温和的口吻，轻轻道：

"你以为人类比石头少冷酷一点么？"

"当然！"我坚决回答。

他轻轻苦笑了，好像大人笑孩子的幼稚。这是我第一次看见他的笑颜。我分明听见他的平静声音：

"据我的看法，比起人类的心来，石头倒是一种温柔得不能再温柔的东西。"

"为什么？"我惊诧。

"你见过海绵吗？把石头和人心放在一起，石头最多也不过是一种海绵体，简直温柔得可怜。"

"我不能同意你。"我不断摇头，坚决的对他道："现在，我问你：你刚才是不是想寻死？"

"你怎么知道我寻死？"

"我看见你往悬崖边上走。"

"在悬崖边上走路，就是寻死？你以为一个人会这样容易死吗？"

"不寻死，你为什么在悬崖边上走？"

"因为我喜欢悬崖，我更欢喜那数千尺深渊，假使一个人偶

然像皮球似的滚下去,不也很有趣吗?"他一面说,一面大笑。

"唉,你这个人,刚才那么冷酷无情,现在又这样嘻嘻哈哈。你能不能说一点正经话?"我对他不禁有点发生反感。

"我所说的每句话,都是正经话,正经得不能再正经了。我现在还愿再向你说两句正经话:当一个人出世的那一天,就是他命定在悬崖上走路的那一天,每一秒钟,他身边都有一座可怕的千尺深渊等待他。你爱信不信。"

"你的话太玄虚,我们还是谈点实际的事。现在,请你向我坦白说,你究竟是不是想寻死?"

"你这人真奇怪,我现在明明活得很好,你为什么非要栽赖我寻死不可?"

"那么,你究竟凭什么理由,深更半夜在悬崖边上走?"

"理由刚才我已经说过了。"

"我不相信那是个理由!"

"世界上不是理由的理由多得很。你既然谈理由,我现在就问你一个理由,你为什么一定要苦苦追问我寻死不寻死?"

"因为我不愿意你死!"

"你不愿我死?"他瞪大眼睛望我,忽然哈哈狂笑,喝醉了酒似的,大摇其头。"我不相信这是个理由!"

"为什么?"

他收敛狂笑,回转先前的冷静,低低道:

"火星和水星上的事,我不知道,不敢说什么。至于地球上,我可确确实实不相信还有不愿意别人死的人。"

"你又在说笑话?你这个人真会开玩笑。"

"我一点也不开玩笑,我所说的每字每句,都是严肃得不能再严肃了。"他脸上满溢沉思意味。

"好了好了,算你会说笑话,我说不过你。你死也好,活也好,暂且不提。我只问你一个问题,刚才你在亭子里时,为什么不断向极北方瞭望,并且望了很久?"

"我不愿回答你。"

"为什么?"

"我如果回答你,你又以为我是在说笑话了。"

我怔了怔,笑起来:

"没关系,没关系,你这回尽管说笑话,我绝不怪你。"

"真的没关系?"他犹豫一下,旋即向我走近一步,用低沉的声音道:"你问我为什么向极北方瞭望?——我是在望一个人。"

"一个人?"我又给他弄得莫名其妙。

"一个已经死了的人。"

"你在瞭望一个已经死了的人?"我愈听愈糊涂了。

"嗯,我在瞭望一个已经死了的人。"

"什么,大年除夕,你爬好几十里山路,冒大风雪跑上华山,就为了深更半夜到落雁峰顶,瞭望一个已经死了的人?"我一面说,一面已经忍不住想笑,但我拚命抑制自己,弯下腰,使肠胃紧张起来。

"是的,我不辞千辛万苦,大年除夕爬上落雁峰顶,就为了深更半夜好在这里瞭望一个已经死了的人!"他很正经的说。

"你为什么一定要在落雁峰瞭望,不在玉女峰或是五云峰瞭望呢?"

"因为落雁峰最高,在这里,也望得最清楚。"

"这个人死了多长时间?"

"十年!"

听了这些,再"瞭望"一下他的一本正经的面孔,我终于再也克制不住了。

"哈!哈!哈!哈!哈!哈!哈!……"

我狂笑着,笑声震彻雪夜空山,使四周发射回音。我直笑得流出眼泪鼻涕,几乎笑断肚肠子。如果将来我不幸夭亡,在我的短短生命史上,至少会给世界留下一件伟大事迹,这就是:"一千九百四十二年除夕深夜十二时,某某曾在海拔五千尺之落雁峰顶狂笑三分钟。"并且,在遗嘱上,我一定要人把这两行字刻在我的墓碑上,以代替墓志铭。

他一响也不响,等我笑完了,向我点点头,说一声:"再会。"

"你到哪里去?"我慌忙问。

"我要走到悬崖边缘上,继续瞭望。"

"瞭望那个已经死了的人?"

"是的。"

"请你原谅我的啰嗦。我真不懂,一个死了十年的人,怎么还能望得见呢?"

"你以为只有活人才望得见,死人就望不见?"

065

"自然。"

"那你错了。死人同样也可以望得见。死人也有活人的能力,他同样也可以在街上走路,在跳舞场跳舞、喝咖啡、囤积居奇、做生意、发国难财、买空卖空、打麻将、念经拜佛、拍电报、发表堂皇演说……"

"照你这样说,死人和活人没有分别了。"

"死人和活人本来没有多大分别,唯一的一点小分别是:死人大脑要比活人的发达一点,因此也聪敏一点。"

"你又在说笑话了。"我又笑起来。

"好,好,算我是说笑话。再会!"

他正要走,我抓住他。

"好,好,不是笑话。不要走。我刚才忘记问你了,你所望的是男人还是女人?"

"当然是女人。一个男人会爬几十里山路到山顶望男人?"

"那么,你望见那个女人了吗?"

"望见了。"

"望见她在哪里?"

"望见她在靠近北极的地方。"

"靠近北极的地方?你的话真是越来越神秘了。"我翻起眼睛,狠狠瞪了他几眼。

"我不仅看见她,还听见她的声音。"

"你还听见她的声音?"

"是的,我听见她在冰天雪地里呼喊的声音。"

"喊什么？"

"她在喊：'瓦夏！瓦夏！瓦夏！瓦……'"

"瓦夏是谁？"

"瓦夏是另外一个人的名字。"

他所说的话，我越听越觉玄妙。我暗想：这种疯疯癫癫的话，要让他一直说下去，还不知道会说到什么时候。落雁峰的雪夜景致诚然很美，可是，我浑身却冻得发抖。再谈下去，非冻坏不可。如果我独自回庙，又不放心，天知道这位怪人在悬崖边上会演出什么戏！左思右想，我终于想出一个方法。我骤然问他：

"你欢喜不欢喜汾酒？"

"汾酒？"他的眼珠子登时灵活起来："那是中国最好的酒，我太欢喜了！"

我更逼紧一步：

"我有汾酒，你喝不喝？"

"你有汾酒？你真有汾酒？"他亲密的抓住我的手。"我喝！我喝！我们马上就喝！"

不用我多开口，他自动跟我回庙。

我的试探性的计策算是成功了。

【四】

当初上华山时,我曾经携带两瓶上等汾酒。四个多月中,我只喝了一瓶半,剩下的半瓶,原想在除夕晚饭时痛醉一场,不料竟和这个陌生怪客呕气①,把这件事忘记了。现在,我和他共坐白色烛光下,实现我预定计划,也算是守岁,消磨1942年除夕。

这时,楼上客堂静极了,只有我们小酒杯相碰声在空中响。从厚厚窗玻璃上,反映出皎洁的雪光,把室内照耀得明明亮亮。这样的深夜,这样的白白静静的雪光,特别现得幽秘、迷人,隐隐的,像有白色幽灵在舞蹈,四射出银色的光华。透过玻窗,我们可以看见华山雪景的一部分轮廓。这些白色山峰,仿佛

---

① 怄气。

是一些白色梦,空灵极了。白色烛闪烁着橘黄光焰,室内的氛围便衬托得很是温柔,亲切。

我们一面喝酒,一面吃着我所储存的罐头红烧牛肉、黄焖鸡块、花生米和菠萝蜜。

"我倒忘记问你了,你贵姓呀?"喝完一杯酒,我问他。

"你何必知道我姓什么呢?"

"不,你得告诉我,你姓什么?"

"你愿意我姓什么,就姓什么吧!"

"你又开玩笑了。"

"那么,算我姓钱,好不好?"

"你这是什么意思?"

"'钱'这个姓最有意思了。谁不想和'钱'拉交情呢?"

"一个人的姓,怎么能随便扯了用?你究竟姓什么?"

"你这样追问我,我真无从答复你。在我过去一生中,我至少变更过二十个姓名以上。我究竟告诉你哪一个姓名呢?"

"告诉我你原来的名字。"

"我原来名字已经死了三十年了,我早已忘记了。"他苦笑着,忽然又温柔的说:"在我一生中,我最甜蜜最幸福的一个时期,是姓林,你就当我姓林吧!"

他问我的名字,我也告诉了他。

"听你口音,好像是东北人。你是东北人?"我敬了他一杯酒。

他一口气喝完酒,摇摇头道:

"你只说对了一半。"

"那么,你的故乡?"

"我的故乡在三十年前就给人卖掉了。"

"卖掉了?"

"嗯,卖得很廉价。"

听了他的话,我怔了怔,旋即端详一下他的脸孔,又揣测他的话意,以及他的口音,我突然跳起来道:

"我猜到了,你是鸭绿江对岸的人?"

他点点头,低首不语,只在喝酒。

发觉他是一个韩国人后,我对他的观念改变了。我似乎比先前多了解他一些了。我再慢慢咀嚼他说的那些怪话,从这里面,我似乎得到一点启示。

我抬起头,望着他。他的脸孔现出酡红,并非全是酒力反激起的醉红,也掺杂感情火焰所燃烧起的血红色。这时候的他,不再像白天那样冷酷无情,似已变成另外一个人了。他热切的喝着酒,仿佛不是为了刺激,而是为了浇灭心头的火。

我心里想,这是一个饱经沧桑的舟子,正如古勒律吉名作"古舟子咏"中的老船夫,在他心灵中,一定蕴藏着丰富的人生宝矿,我何不开采一下?

我从怀中取出表,看了一下,极恳切的道:

"现在正是一千九百四十三年一月一日一点十三分。1942年的除夕已经结束,完全过去了。1943年正开始它的第一点钟。为了迎接这新的一年,我希望你能赠送我一份新年礼物,作为我们这次相识的纪念。"

"什么新年礼物?"他笑着问。

"你先答复我,肯不肯送?"

"只要我能赠送的,我一定送。"

"你答应了?"

"我答应了。"

"绝不食言?"

"绝不食言!"

"好,我现在请求你送我一点'人生'。"

"什么'人参'?我们高丽人参虽然著名,我现在却没有。"

"不,是人生,'生'活的'生'。"

"好,这回是你跟我开玩笑了。我简直不懂你的话。"

"坦白说吧,你是一个饱经人生忧患的人。在你的心灵矿藏里,一定有人生智慧。你冒着风雪上华山,除夕深更半夜登落雁峰顶,向北极瞭望一个已经死了十年的女人,这里面,一定有一段珍贵的故事。请你告诉我这个故事。"

他沉思了好一会,终于深深叹了口气道:

"已经死了的人,何必又从坟墓里拖出来呢?已经死了的事,我们最好不要提吧!"

"不,你一定得告诉我。你刚才已经答应我了。"我固执的要求着。

他喝了杯酒,慢慢道:

"是的,我已经答应你了。"他右手支颐,伤感的道:"你一定要我说呢,我当然只得说。不过,这却使我很痛苦。你如果能可怜我呢,最好不要我说。"

"你把伤心事说出来,不也可以得到发泄的快感么?最低限度,我可以分担一部分痛苦,比你一个人独自负担,不好一点吗?"我安慰他。

"任何人全不能分担我的痛苦,正像高山不能分担海洋的痛苦一样。至于说'发泄的快感',那是绝没有的事。"

"为什么没有?"

"因为,要我说我自己的故事,等于用刀解剖自己的心,除了一片血腥气味和痛苦外,还能有什么呢?"他血红的眼睛显示深沉的阴郁、哀伤。

"不,无论如何,你得告诉我。就算我这一请求是一种残酷,你也得原谅我。"我说出最后的话。

他忧郁的笑了,连喝了两小杯酒,伸直腰肢,突然很豪壮的道:

"你一定要听呢,我就讲吧!不过,你得答应我三个条件。"

"什么条件我全能接受。"

"第一,当我讲这故事时,你不能插一句话;第二,当我讲完后,你不能问一句话;第三,听完以后,你将来绝不能作为文章材料,写一句话。"

对于我,这三个条件太不成问题了。我立刻满口答应。

他一口气把烛火吹熄,室内全为雪光所笼罩,一切呈乳白色,像是一所洁净的病院。在这片白色空间,他仰坐在黑漆太师椅上,两手抱膝,全身只现出一个轮廓。我一手支着腮巴,眼睛对着窗外雪山,把自己整个沉浸在一种幽窅神玄的境界中。

  一个深沉的声音在室内响起来,沉重的叩击我的耳鼓。这似乎不是人的声音,而是大提琴的一曲独奏。曲中流泻出忧郁而美丽的旋律,悲哀而凄艳的音色。声音不断流泻,占有我的感官。 我像一叶小船,在他的音浪中飘浮①着。

---

①此处应为漂浮。

【五】

十年以前，1932年，我是"九·一八"后东北抗日名将苏炳文部下的一名军官，职务是上校参谋。这年冬季，在中东路札兰屯①和日本军队作了最后一次大战，主力损失殆尽，我们便沿铁路撤退，直退到满洲里：中俄两国边界。

这时，马占山李杜两将军的部队，也沿中东路后撤，目的地也是满洲里。他们在博霍图及兴安里和日寇追击部队遭遇，打了最后一仗，完成掩护任务，使主力得以安全抵达满洲里。

这样，满洲里便成为东北各路义勇军的汇集中心。自从"九·一八"以后，这些勇敢的战士们便一直与日寇周旋，只可惜有消

①札兰屯。

耗而无补充,后援不继,终于不得不作大规模退却。领导他们撤退的,就是日后由欧洲返国的马占山李杜苏炳文几位将军。

到了满洲里,与俄方交涉后,准许我们暂时侨居西伯利亚。当时,日寇用尽各种外交手段,想索回我们这一批人,特别是马李苏三位。为了避免日本政府的意外麻烦,当局便把我们隐藏在西伯利亚的托木斯克,一个偏僻地区。搭火车到那里,要费一个多星期。

火车从西伯利亚大草原经过,隔着厚厚玻璃窗一望,到处是一片银白色。无边无极的冰雪覆盖一切。瞅着这一片大雪原,我不禁想起这条大铁路的建筑历史。

据说两百年前,有一天,彼得大帝在皇宫里散步,看见阳光从窗外射进来,他忽然想道:"有窗子,才能有阳光和新鲜空气流进来。我的大帝国正因为没有窗子,才这样的寒冷而阴暗。我必须为它开一扇窗子。"他所谓"帝国窗子",就是指一个不冻出海口。

他拿起一幅大地图,在上面细细研究。他的眼睛向西欧部分看了一会,摇摇头,叹一口气道:"我如果想从波罗的海找一个出海口,现在是没有我的份了。"他的视线便转到亚洲部分,终于狠狠盯视着海参崴,这是一个很好的东方不冻出海口。

他得意的笑起来。

才笑了不久,他的脸上就布起暗影。他忧郁的望着地图上的西伯利亚茫茫大草原,想道:"我们怎样才能通过这万里无边的旷野,到达海参崴呢?"

他想了很久,始终想不出办法。最后,他愤愤拿起一支鹅毛

笔,狠狠在那地图上画一根蓝色直线:从莫斯科直达海参崴。画完了,他微带怒意的自言自语道:

"让我在梦里从这条直线飞到海参崴吧!"

若干年后,彼得大帝死了。研究皇帝遗稿的人,找到这幅地图,发现这条蓝色直线。他们研究了许久,终于得出一个结论,就是:皇帝一定是梦想实现一条路线直达海参崴。

"不能让皇帝的梦想失望!"这是大臣们的一致意见。

于是,一百八十年后,这条用鹅毛笔随便画在地图上的蓝色直线,终于变成两条万里钢轨——这就是西伯利亚铁路建筑的历史。

西伯利亚虽冷,却是一个有趣的地方,我先向你说一段有趣的故事。

你是中国人,一定听说过东北三宝之一的乌拉草,这种草,在西伯利亚更是无穷无数。几千年来,它们不断生长,又不断死亡。死亡了的草,剩下腐烂的草根,一层又一层的铺在地面上,相互交缠虬结,终于溶化成泥土,构成地表面层。因为是草根构成的,这地表面层的泥土特别松软,像是一大片数丈厚的海绵体,虚悠悠的悬挂空中,又软又富有弹性,人走在上面,连几里外的地方似乎都会震动起来,仿佛在沙发床上跳舞似的。这种情形,在贝加尔湖一带尤甚,你说有趣不有趣?由此可见:当年建筑西伯利亚铁路的工程师们,是费尽了多少心血,绞尽了多少脑汁,才能克服这一困难呀!

另外还有一说。除了乌拉草外,这里还有一种滚动草,它在任何气候或陆地全能繁殖,只要一点点沙土和水分就够了。这种滚动草死去,也能形成地面的弹性。现在,由于种籽偶然传布,这种草已经滚动到欧洲与美洲了。

我再对你说一段趣事。

据考古学家与地质学家说,几万年前,欧亚连接之区,有一种古代巨象,它们和冰川同向北方退走,到了西伯利亚,因为沼地太多,无法前进,经最后挣扎后,终于陷入极度寒冷的泥泞沼地中,在长年不融解的冰雪中冻死。这些巨象,数目极多,虽经几万年时间,到现在还被天然的大冰箱保存得很完整。不仅它们的肉、皮、毛,就是胃里未消化的食物,也保存得好好的,像一束束的苔、草、菖蒲,以及野麝香草之类,有的甚至还在嘴中未咀嚼过。因此,许多西伯利亚农民发现这些地下巨象后,便割下它们大块的红肉喂狗吃,你说有趣不有趣?

闲话少说,言归正传。

经过十多天旅程,(我们搭的是军车,走得很慢。)我们终于抵达托木斯克了。这是一个极幽僻的区域,西伯利亚铁路特别设有一条支线,直通这里,工商业倒还发达。它位居鄂毕河的支流托木河畔,贝加尔湖以西,乌拉尔山脉以东。在西部西伯利亚地区,它可算是靠北极海最近的一个大城市了。如以它的气候寒冷言,我们即使称它是北极地带,也不算过分。

我们光临托木斯克时,正是冬季,这实在是一件最不走运的事。

没有到过此城的人,你绝不能想象这儿的严寒。冬季平均温度,经常在零下四十多度以下。要形容这种寒冷,用抽象名词绝不济事,我现在只向你讲两件小事。

一、有一次,一个兵士兜了一羹匙热稀饭,走到大门口去吃。他大张开口,把调羹送到嘴里,放了一下,再想取出来时,它似乎已和舌头结在一起;他用力一拔,把它取出时,调羹上已溅满鲜血和碎冰片了。

二、如在户外吐痰,一块痰落在地上时,已由粘液体变成冰块,跌碎在地上,好像一块磁盘。

托木斯克的天气是这样冷冽,人们出门时,脸上必须涂一层厚厚凡士林,头戴一顶厚厚皮帽,身穿厚厚皮大衣,镶老山羊皮领子,皮上结着暖暖的螺旋状厚毛,脚登一种"毡疙瘩"。这种靴子,由毡毛缝成,靴腰①高高的,靴内是厚厚的皮衣,像一座倒置的奇怪小帽子,掩护腿脚。就是穿这种厚靴,人们在户外活动的时间,常常还不能超过半小时。过了半小时,地上的冰雪寒气,就会穿透厚厚靴皮与茂密丛毛,直刺脚心,几乎使血液逐渐凝滞,终于僵硬麻木。万一不小心,闹得重点,一双脚就会冻坏。为了防御这一危险,在街上走路,如果路程长一点,就会分几段完成。走一段,到人家憩一憩,烤烤火,取点暖,等靴子烤暖了,再走。在托木斯克,家家户户都带着笑脸,无条件的欢迎行人进来烤火。不仅是为了烤暖靴子,也为了溶化凡士林。户外行久了,凡士林在脸上结了一层冰,非常不好受,火炉边一烤,就又

---

① 靴勒。

恢复滑润了。

托木斯克虽然这样冷,风景却很美丽。它属于高原地带,四周尽是山岭与森林。山与林像海洋起伏,绵延着,异常壮观。它的城区不是平坦地,从城外远远望来,仿佛是山海和林海中的一座孤岛。尽管这里有人家、有炊烟、有灯、有火、有工商业,但在旅行者眼里,依然是"世界花园"以外的一朵花,一朵无彩无香的花。

托木斯克的最好出产是:马。这里的马常比人个子高。

托木斯克最值得骄傲的,也许是教育。这里中小学颇多。而且还有国立大学与博物馆。几十年前,据说大文豪托尔斯泰曾在这里度过一部分写作生活。为了传播他晚年的宗教福音与新理想,他曾在这儿致力于文化事业,给予当地居民以很大影响。因此,这座城又被称为西伯利亚的文教中心。

或许受了托尔斯泰的人道主义的影响吧,这里的某些居民特别和善、仁慈,给外来旅人极好的印象。托尔斯泰的一颗善良的心,似已播种出千万颗善良的心了。

我们最以为苦的,就是寒冷。我们人数太多,差不多将近两万人。除马李苏等统帅可以分配单人房间外,一般官兵所住的房舍,自然很挤。这些房子,俄文叫"巴拉克",类似营房。上次欧战时,奥国俘虏就住在这里。这"巴拉克"一共两层,建筑简陋,上面一层算是楼,我就寓居楼上。它分隔成几大间。我算是高级军官,同室多半是上校级以上,住的人不算多。下面则安顿下级军官,一个大统间几乎住四百人。在这样巨大的营房中,只生两个小炉子,由小洋油桶制成,里面燃烧柴火,那热度实在小得可怜。因此，虽有这两只小火炉，室内温度有时依旧接近零下四十度左右，其冷可知。

有时候，夜里太冷，我常睡不着觉，终夜坐到天亮，直至太阳出来以后，再行入睡。

这些日子，寒冷已经成为我们的生活中心。士兵们成天往外跑，上山砍柴木，是为了取火御寒。大家白天躲在被子里，也为了防冷。有些军官，带有眷属和大量面粉，太太们整日围坐炉边，忙着烙饼，也不过为了多装点食物下肚，好抵御寒冷。

寒冷！寒冷！寒冷！寒冷……这两个字是我们的敌人，也是我们的朋友。说是敌人，因为我们一天到晚和它打仗。说是朋友，因为我们除了它，再没有更亲近的存在了。说是朋友，一点也不夸张，它不整天和我们在一起吗？

前面提到烙饼，我不禁想起一件事。你知道，白天，火炉子是不大空的，经常闹人满之患。直至夜晚，才比较清闲点。有几个人，就专等这个时候，做烙饼。我寄居楼上，半夜要小解，必须下楼，走过火炉边。烘烙饼的都是熟人，他们见我经过，难免不疑心我以小解为借口，希望他们拉我咬几口烙饼。为了不叫他们起疑窦，有些夜里，应该小解时，我常常强行忍耐了，直捱到天亮，才下楼。

有一天，我在日记里写了下面几句话：

"昨天夜里，有着黑板刷胡子的胖胖A上校夫妇与T中校夫妇双双生病了，没有在炉边做烙饼，我得以痛痛快

快下楼解一次溲。这是我到托木斯克以来第一件值得大书特书的事。"

除了寒冷,第二件令人发愁的事,就是消息不通。我们好像一些沙丁鱼,紧紧密封在罐头里,与外面世界断绝了关系。

我们一群人中,我因懂得俄文,从俄文报上,可以看到一点消息,但其中关于中国或东北的新闻几乎没有,至于韩国的讯息,更是石沉大海。这时,中俄还未正式复交,我们寄给关内的信件,全由当局代转,其可信托的程度,是很有限的。

我们不知道,在这个凛寒的冰雪地带,还要待多久,心里焉得不急?

为了排遣烦恼,我常到图书馆消磨日子。这个时期,我读了不少文艺书籍。我觉得,前途茫茫,自己好似一个已判决死刑的囚犯,正在向法场前进,随着每一天过去,我离法场更近了。而那个死刑,就是接近疯狂的绝望,或者就是疾病与死亡。

深夜冻醒,我沉入回忆中。我深深忆念我的祖国,我的在鸭绿江对岸的故乡。故乡冬季并不很冷。春天,原野上到处盛开鲜红的杜鹃花,绮丽得令人不忍回忆。除了上图书馆看书,此外占据我大部时间的,就是回忆。我常常走入回忆的坟墓,和死人谈话,作伴。一个人的日子,只剩下回忆时,虽然够美,却也够苦的,只有老年人爱回忆,因为,他们所能保有的"将来",是很少了;只有在"过去"他们才能感到一种骄傲、自满。我才卅岁左右,怎有勇气放弃"将来",完全和"过去"做朋友呢?

我常常陷入痛苦中。

【六】

那正是 1932 年除夕,一个极冷的夜晚,比今天华山雪夜更冷。将近深夜十点半,我独自从歌剧院看戏归来。在出纳处,我的衣帽是最后一号,所有观客都离开时,我才能出门。

我在街上彳亍,把水獭帽深压在头上,高高的瑞典狗皮领子直竖起来,连耳朵带脸一起包进去,只剩下一双鼻孔透气。领子里面,我又用一条厚羊毛围巾紧裹住脖子,紧得像要上吊。

我的大衣是水獭里子,面子是光滑的黑色皮毛,它把我裹得像一头北极熊,笨重的影子投落雪地上,现得阴暗、深沉、孤独。

户外一切全似乎睡着了,只有低低的风吼声。毕竟是除夕,人们大都关在家里,街面寂无一人一兽,整个托木斯克城仿佛昏睡了。全宇宙仿佛也昏睡了。只剩下我一条孤鬼游魂还在雪地上行走。我觑着自己的长长黑影,说不出的感到凄凉。

我一面走,一面咀嚼刚才那出歌剧的剧情。歌剧是《茶花女》,由意大利歌剧大师凡尔第谱成音乐,剧情可谓极哀感顽艳之能事;目击茶花女香消玉殒那一场,观众少有不落泪的。那悲哀得极其华丽的音乐渗透我的心坎,像海水渗透海沙。

我不禁想起所读过的那本《茶花女》小说。

当茶花女和阿芒最后一次分别时,她曾说过这样几句话:

"只要我还没有死,我总可以做你的快乐的玩物。无论白天,夜晚,或是什么时候,只要你想要我,你都可以来,我一定是你的。可是,你千万不要拿你的将来和我结合,那么,我们两人都要不幸。现在,有时候,我还算是个漂亮姑娘,你尽量的玩我吧,此外,不准你再向我要求别的事。"

有几个活在世上的人,能真正懂得这几句话的涵意呢?

曾有人说:"向一个少女作爱情进攻,好像是带领千军万马攻入一个无人之阵。如果向一个妓女作爱情进攻,则是一个单枪匹马的英雄攻打一座钢铁城堡。"

不过,这"钢铁城堡"攻不下来倒还好,万一攻下来,那结果倒常是悲惨的。

一个妓女很少会真心爱一个人,假使有一天,她真正爱上一个人,她只有两个结局可以选择:一个是痛苦,一个是死。

我一边想,一边走,越想越悲哀,越走越荒凉。

在我四周,一切似乎全死了。

死吞噬了一切。

死！死！死！死！死！死！……

突然，一个声音从远处响起来。

起先它很模糊，不久，就愈响愈近。

我模糊的分辨出：是一个尖锐的女人声音。

"瓦……夏……瓦……夏……瓦……夏……"

的确不错，是女人的呼唤声。

接着，是一阵匆促的脚步声。

脚步声一直向我这个方向响过来。

脚步声越响越近，呼喊声也越喊越近。

当我走快时，脚步声似乎响得更快。当我走慢时，脚步声也慢下来。

后面这个人显然在追我。

这个女人呼喊声对我是完全陌生的，我不禁好奇起来。一种神秘的感觉，使得我的脚步迈得更快了。当我才走快一点时，后面的脚步声也更快了。

风低吼着。地面浮雪不少早给风刮跑了，残剩的一些雪，多半凝结成一重坚硬的透明层，像巨大螃蟹壳子。这坚硬的螃蟹壳，铺在一条又一条街上，异常结实。我的鞋底擦过街面时，不断沾染些碎雪，雪片越聚越多，经过不断的压力，一部分撞落到地上，一部分则压得更牢固，紧紧镶在鞋底上，成为坚硬的一块。这硬块与街面的硬壳子互相撞击，便敲打起一种粗暴的声音：

"格哇！格哇！格哇……"

我不断向前走，并不停下来。

"格哇！格哇！格哇！格哇！格哇！……"我的脚步声不断响在大街上。

后面人正在死追我，脚步声也是：

"格哇！格哇！格哇！格哇！……"

一切声音全死了，街上只有下面两种声音：

"瓦……夏……瓦……夏……瓦……夏……"

"格哇！格哇！格哇……"

约莫经过四五分钟追逐后，后面的足步声离我只有十几米了。从这个女人的脚步与呼唤声的表情里，我肯定的作了这样一个判断：她一定把我误认做"瓦夏"了。而这个"瓦夏"一定是她的爱人。在俄文中，"瓦夏"是"瓦希利"的昵称，"瓦希利"则是俄国男性的名字。

发现这样的秘密后，我一点不动声色，将计就计，一边走，一边逗她，故意装作正是瓦夏。当她快靠近我时，我笑了一声，忽然跑起来，一来是为逗她，二来是脚冷，不跑一下，势必支持不下去。

我这样一跑时，她简直是狂奔了。她一面奔，一面嘟噜着，似乎在诅咒我。

一直跑到欧拉凡斯特大街中段，脚跑暖了，我才故意把足步放慢下来，有心让她追上。

"格哇！——格哇！——格哇！——格哇！"

"瓦……夏！瓦……夏！瓦……夏！"

最后一个喊声拖得特别长，似乎要把她所有声音都用出来，充满了喜悦与胜利。我听得很清楚，一点不错，这是一个二十岁左右的少女的声音。

她终于追上我了。

"你这个人！……真是残忍，……我飞跑着追赶过来，……你还硬着心肠跑得那么快！……叫我气都喘不过来了！……瞧，我的心都要跳炸了！……"

一追上我，她就急喘着气，又娇又嗔的埋怨起来。她一面嘟哝，一面把身子凑过来，紧紧贴住我。我一声不响，轻轻停下脚步，突然猿猴似的舒展右臂，只一抱，便猛力紧箍住她的腰身，再一转脸，两片嘴唇立刻胶住了。

这是一个甜得令人可怕的长吻！这是一个温柔得叫人不能忍受的长吻！不能再甜蜜了！也不能再温柔了！这个长吻，似乎比一个世纪还长久！她不仅没有一点退缩，反而热烈得几乎使我发抖。她的两条软绵绵的臂膀，长春藤似的紧缠住我，越缠越紧，几乎叫我透不过气。为了不叫她失望，我也施出全部力量来拥抱她，好像要把她压碎似的。这个时候，我们已经不是两条身子，似乎是一条火红的凝结体，在雪地里放射出维苏威火山般的热力！

在冷冷的夜风中，在暗蓝色的星空下，在白色的雪地上，我们紧紧拥抱着，长吻着，仿佛是原始时代的人。

死寂。

只有夜风的声音。

几分钟过去了,她轻轻放松我,抬起头来,对我嫣然一笑。

还未笑毕,她的脸色忽然变了。她对我的面孔紧紧注视一下,猛然发出一声怪叫:

"啊!妈妈!妈妈!……您是什么人?"

她看清我是谁了。她的脸色骇白了。她高声喊起来。

我对她做了个鬼脸,很幽默的笑着用俄文道:

"我就是您的瓦夏!您不认得我么?"

我一面说,一面把她抱得更紧了。

她拚命在我怀中挣扎着,乱叫着,像一只被猎人俘获的小野兽。

"啊,您不是瓦夏!您不是瓦夏!快放开我!快放开我!……啊,妈妈!妈妈!"

我不放开她,却半诚恳半嬉皮笑脸的道:

"敬爱的小姐,请您好好想一想,这是您找我,不是我找您呀!您一直在后面追我、喊我,我怎忍心不理您呢?"

"哦,妈妈!妈妈!放开我!放开我!……您不是瓦夏!您不是瓦夏!"

她仍在我怀中挣扎着,乱叫着,异常恐怖。俄国女人遇到没有办法时,不是叫上帝,就是叫妈妈。我垂下脸来,故意对她开玩笑道:

"敬爱的小姐,不管我是不是瓦夏,在这样的深夜里,在这样静的街上,在这样美的雪地上,我们竟会发生这样一次巧遇,总算是天缘凑巧。在冥冥中,一定是上帝的意思,上帝的神秘力量,在促成我们的结合,是不是?"

我知道俄国女人最信仰上帝,便发挥了这一套大道理。天知道,有生以来,我连教堂大门槛都没有踏过。

"不是上帝的意思!不是上帝的意思!您看上帝的面子,饶饶我,放开我吧!"她一面挣扎,一面大声喊。

"好,就算不是上帝的意思,那么,一定也是因为我长得很像瓦夏了,是不是?要不,您怎会把我当作瓦夏来拥抱呢?我既然长得很像瓦夏,您就把我当作真瓦夏,也未尝不可呀!世界上的真和假原差不多哪!"

"不,不,您不像瓦夏!您不像瓦夏!您一点也不像!……放开我吧!再不放开我,我就要骂您了!您这个人真是岂有此理。"

这个时候,她已渐渐由昏乱转为冷静,脸色有点凛然不可犯的神气。

我觉得这个玩笑已开得差不多了,终于放开她的身子,但仍抓住她的肩膀问道:

"小姐,是我岂有此理?还是您岂有此理?是您先追我、喊我、亲热我、麻烦我,并不是我先麻烦您呀!"

"那是我一时看错人,把您错当作瓦夏了。"

"那么您就把我多'错当'一会瓦夏,也可以呀!人生原有点像演戏,我也可以扮演瓦夏这一角色呀!"

"但是您并不是瓦夏!"

"我虽然不是瓦夏,但不见得不如瓦夏。瞧瞧我这双粗壮的

胳膊,是不是比瓦夏拥抱得更有劲些?瞧瞧我的发烫的嘴唇,是不是比瓦夏吻得更火热些?瞧瞧我的结实的胸膛,是不是比瓦夏体贴得更舒服点?美丽的姑娘,我这个新瓦夏不会比那个旧瓦夏少给您幸福的。连鞋子穿旧了,都要换新的,更何况是朋友呢?朋友一旧,最没有意思了。您以为如何?"

"不管您是新的旧的,我现在要回去了。您先放开手,成不成?假如我不认识您,您这样冒冒昧昧的拖住我,不害羞吗?"她的面色,现在充满严肃,几乎有点拉下脸来的样子。

我丝毫不现出赧颜,却用很自然的腔调笑着道:

"多奇怪啊!一个'并不认识'我的女孩子,刚才会这样不顾一切的拚命抱住我不放,箍得我几乎透不过气,把我的嘴唇几乎压碎了,究竟该谁害羞呀?"我放开手,向前摆了摆,笑着道:"得了,我不再拖您了,快回去找您的正牌瓦夏吧!我这副牌货究竟不能叫座!噢,新鞋子到底不如旧鞋子,是不是?"

她忍不住笑了,似乎怕我卷土重来,连忙偷偷向后溜了几步,又停下来,用天真的口吻道:

"您这个人太不老实,嘴巴子太调皮,不理您了。"

我嬉皮笑脸的对她道:

"天下最可怕的莫过于老实。一个人不妨杀人,却千万不要老实。试想想在下如果老实,适才焉能蒙小姐厚爱乎?"

"好,好,又来这一套了!对不起,我要回去了!再会!"

现在,她似乎也渐渐看出我是怎样的人了,先前的恐怖大半消失,但似乎还怕我纠缠,因此,理了理有点弄乱了的鬓发,

089

掉转身子,想走了。

我走过去,收束了嬉皮笑脸的态度,用严肃而诚恳的口吻对她道:

"好,小姐,我不再和您说笑话了,让我们谈几句正经话吧。我要严重的警告您:您这样回去,脚非冻坏不可,您留在雪地上的时间已经太久了。"

接着,我告诉她,我们应该找一个地方烤烤火,暖暖身子。

"现在夜已深,人家的门户早关紧了,只有欧拉凡斯特大街拐角上有一家小咖啡店,专做夜间生意,我们可以到那里去烤烤火。"

"我不烤火了,我要回去了,再会!"她的口气斩钉截铁,似乎丝毫不能通融。

"您真的不烤火吗?"

"真的不烤了。再会!"

我向她望了一眼,轻轻笑道:

"我们难道就这样再会么?最低限度,我们刚才曾经扮演过最热烈动人的一幕。我们曾经按照世界上最疯狂的恋人所做的做了。我们难道就这样死板住面孔分别么?这与刚才那一幕比起来,未免太煞风景了,太不调和了。"

"那么,您要怎样分别呢?"她微微有点恐怖的问我。

"最低限度,我们也该握一握手,才能分别呀!"

"握手?"她吃了一惊。

"我这里所说的'握手',纯粹是指礼貌上的握手,其中再没

有什么加油添酱的意思。您尽管放心！"

"我不愿意和您握手！"她冷冷的说。

"不是您不愿意和我握手,是您不敢和我握手！"我也冷冷的说。

"我不敢？"她被我激动了,突然自动跑过来,气愤愤的道："您说我不敢？我偏要和您握一握手再分别。来,我们握手！"

"您真的敢跟我握手？"我故意装成蔑视她的样子。

这回她真是忍不住了。她忽然握起我的手,拚命握了一握,几乎用尽了全身力气。她一面握,一面道：

"您看我敢不敢！您看我敢不敢！"

等她握完了,我旋即把她的手放下来,温柔的微笑道：

"您到底是和我握手了。"

她怔了怔,陡然悟解我的意思,不禁有点生气了："您这个人太可恶了！"

"您何必生气呢！我不过为了要证明：我刚才的话,是极老实的话。我和您握手,纯粹为了礼貌,此外再没有什么其他意思。现在,我把您的手放开了,您总可以相信我刚才的话了吧！我们虽然才认识了十几分钟,但我极不愿意您将来把我当作骗子来回忆的。……好,再会！"

她愣了一愣,豁然深一层了悟我的意思,登时转怒为笑,向我望了一望。这一望倒确实含有一点尊敬的成分。

"好,再会！"她轻轻向我摆摆手。

"再会！祝您晚安！"我向她摆摆手。

"再会！祝您晚安！"这几个字，实在说得温柔、动人，是从她心坎底流露出来的。

我们分手后，走不几步，我回转头望望她，她也正回头望我。我于是又向她摆摆手，高声道：

"再会！祝您晚安！"

"再会！祝您晚安！"她也高声回答我。

【七】

走不多久,我的脚冷起来,我在户外活动的时间,早超过半小时了。刚才因为卷入一出令人兴奋的喜剧,一紧张,就忘记脚上的寒意了。此刻,热烈的一幕已经卸幕①,街上的朔风向我不断劈刺,打了几个寒噤后,脚底的冰冷感觉立刻强猛起来。这附近一带人家,可能已沉入梦乡,无法敲门,如果一直回家,至少还得三十几分钟,双足非冻坏不可。唯一的办法,只有上咖啡馆。最近的一爿,在欧拉凡斯特大街拐角,如跑步,三分钟就到了。不过,这样一来,我必须倒转身,走回头路,实在很不经济。情形实在迫切,我也顾不得许多了。况且,那少女脚步声已渐渐

---

①谢幕。

消失了，她不会再听见我的足步，以为我是在追她的。

我立刻回转身子，向那小咖啡馆走去。

它果然还没有关门，灯火辉煌，不断散出热气，老远的就对我发出诱惑。我一口气冲了过去，好像在野外演习冲锋白刃战。

一推门，向里面张了一眼，我愣住了。

你说我看见什么？

那位少女正坐在东边靠墙角上喝咖啡，只有她一个人。她似乎也进来不久。

我愣了一愣，盘算一下，终于若无其事的向里面走去。

刚迈了几步，我似乎想起一件事，便连忙踅回来，走到柜台边。

我交了三百卢布给老板，又咬咬他耳朵，低低叮嘱几句。

吩咐完了，我重新向座位走去，拣了个靠东的座子，并不向那少女打招呼。这时，我用皮领子把脸裹得紧紧的，她只顾喝咖啡，一时也没有看出我是谁。

仆欧把咖啡端来，我呷了一口，偷偷觑她，这时，她好像已开始注意我了。这正是夜半，又是除夕，客人并不多，只有靠南的几个座子上有人，此外都是空的。因为人少，每一个新进来的客人，有时容易引起别人注意。

我的脸仍埋藏在大衣领子内，偷偷瞅着她，等她定神看着我时，我突然站起来脱大衣。接着，我故意装作无心的向她那边瞄了瞄，一等双方视线接触了，我故装吃惊的样子，向她轻轻喊道：

"啊，您也在这儿喝咖啡？"

她微笑着，向我点点头，只哼了一声，不答。看神情，她似乎很不愿意在这儿撞见我，更不愿我走过去和她多啰嗦。

我装作无视她的脸上表情，很自然的走过去，一面走，一面自然的笑着向她道：

"您受冻了吧！今天晚上天气多冷呀！"

"是的，很冷。"她淡然回答。

她大约以为我又来和她纠缠，所以故意摆出淡漠的神气。其实她完全误会了。

我和她在这里碰见，原是个偶然。碰见后，我毫无纠缠的意思。我只有一个欲望，就是：细细端详她一下。

固然不错，我们在街上不仅碰见了，并且也抱过了，不仅抱过了，甚至也热吻过了。按理，对她的脸孔，我该相当熟悉了。其实不然。

在街上时，因为天冷，她的土耳其式白色皮帽子直压到眉毛下面，眼睛藏在帽缘阴影里，一条厚厚白羊毛围巾连耳朵也包起来，两颊也小半遮住了。街上的雪都冻成冰，一经行人车马，践踏得有点脏，反光也就不很亮。在远处昏晕的路灯下，暗淡的冰雪光中，我只模糊看出她的身姿婀娜，脸孔轮廓大致还好，却不全识庐山真面目。

此刻，我决心好好端详她一番。我的座子离她太远，灯光又摇摇晃晃的，看不太清楚，只有和她在一起，坐一会，才能饱览一通。

怀着这样目的，我才走过去和她闲扯，打算聊几句就走开。

可是，我不细细端详她，倒也罢了，一端详，天哪！

这是一个美艳得怎样惊人的少女！

她的大衣、帽子与围巾都除去了，整个形象全展现了。

她披着金黄色长长鬈发，仿佛春天太阳下一田麦浪，光闪闪的。她的眼睛是两颗蓝宝石，比印度蓝天还蓝，带梦幻色彩。她的鹅蛋脸白白的，眉毛黑黑的，鼻子高高的，没有一样，不富于雕刻的均匀、和谐，几乎就是一尊古代女神的面部浮雕。她的身材苗条而修长，像一个有训练的舞蹈家，每一波姿态、动作全表现一派温柔、调协，散溢音乐的旋律与节奏。

她静坐在淡蓝色灯光下，又天真又庄重的向我凝睇，真似希腊古磁皿上的一幅画像。

我被她的瑰丽迷住了。她完全超出我的预料。在街头拥抱她时，我最多不过以为她只是一个"略具姿色"的少女而已。

是这样一个佳人，我先前竟已亲过芳泽，和她很温存了一阵子，这该是我怎样大的幸运！

是这样一个美女，我虽已亲过芳泽，转瞬间却又失去了，并且是永远失去了，这又是我怎样大的不幸！

这样一想，对那位看不见碰不着的瓦夏，我不禁嫉妒起来。我暗想，他是怎样一个鬼！居然得到这样一个美人。他既得到她，就该守着她呀！为什么又偶然迷失她，叫她把我张冠李戴，误认作是他，演了刚才那样销魂的一幕。

很快的，我打定主意。

我一眼看出来，她脸上的"霜气"与庄重，是故意装出来的，绝不是她的本来面目。她的原貌，我刚才早领教过了。

我故装若无其事,很轻松的向她道:

"我绝没有想到会在这儿遇见您,这真是太巧了。我本打算回家的,走了一节路,脚冻得要命,附近又没有地方取暖,我只好暂时到这里来暖一暖,没想到会遇见您。"说了上面一段话,见她脸上"霜气"仍重,我便又轻松的加了几句:"我虽然说这些话,来解释我们在这里的巧遇,但您一定不相信。您一定以为我是故意来找您麻烦的,是不是?要是这样,那我实在太抱歉了。刚才在街上,您固然认错了我,但我实在也有点认错了您,所以才发生那样一件很鲁莽很不礼貌的事。实在太对不住您了。希望您别生气,多多原谅我。好,再见。"

我大大方方的说完话,便向她鞠了一躬,打算告退。

她听见我这样一说,倒似乎有点不好意思了,微微红脸道:

"先生,您误会了,我没有这个意思。请您坐下吧!"

我装出谦让的样子,很客套了几句,但不待她二次催促,就在她对面坐定了。我不断偷偷端详她,她实在长得太美了。

当我看她时,她也不断偷偷看我。我的外形本来就不算太坏。我有魁梧结实的身子,端正的脸轮廓,明亮的眼睛,整洁雅致的衣服。不过,这些都不算什么,真使一个有灵魂的女人对你获得"印象"的,却是另外一些因素,这些,刚才在大街上,显然已给了她一些"印象"了。从她分手后频频回顾这件小事,不难看出这些"印象"在她身上的象征性的反应。

一坐下,相互一客气,一板起面孔,双方倒似乎有点枯窘,无话可谈了。

好容易我才打破僵局。我微笑道：

"人与人的相遇，多么偶然。我们中国人形容新朋友相识，有一句俗话，叫作'萍水相逢'；意思是：人与人的相遇，像水面上的浮萍邂逅一样。我觉得这形容还不够。人与人的相遇，简直像两颗流星在天空邂逅一样。您以为如何？"

她笑了。还没笑完，她似乎想起一件事，忽然问我道：

"先生，您是中国人？"

我点点头。

她怔了怔，想了一下，豁然大悟。

"哦！我想起来了，您住在拉吉勒收容所，和马占山将军一道来的，是不是？"

我又点点头。

她登时对我发生兴趣，态度大大改变。

本来，我们这一群人由东北初来时，本地人全当作抗日民族英雄看待，颇为崇拜。西洋人对勇敢的好男儿总是崇拜的。少女对我发生兴趣，并不是偶然的。

我索性跑回去，把一杯咖啡端过来，和她坐在一起。

我笑起来。

她问我为什么笑？

我说：

"我们相识几乎有一点钟了，甚至做了最亲热的表示了，但我们相互的姓名还不知道呢！您说好笑不好笑？"

她不仅笑了，脸也红了。她似乎还有点怕提刚才街上的事。

我们交换了姓名。她叫奥蕾利亚，在一个女子中学教文学，家里只有一位母亲。我告诉她，我姓林，是马占山的上校高级参谋。

在西洋人眼中，上校是高军阶，她在态度上显然又有了点改变：对我简直有点肃然起敬了。

"您这样年轻，就当了上校，真是——天才！我们这里的上校，胸前差不多都有一蓬白胡须呢！"她笑着说。

"我们那里，像我这样的'天才'，满街到处都是，那是一个奇异的国家。"

她抿着嘴笑了。

"您大约很讨厌军人吧？军人常与您所欢喜的文学相反。不过，我也是个欢喜文学的人。"

"您爱文学？"她眼睛睁得大大的。

"是的，我爱文学，特别是旧俄文学。"

"您的俄文说得真好，几乎和俄国人没有分别。"她带点夸赞的神气。

"我因为在哈尔滨住了许久，学过俄文，又欢喜看俄小说，才能勉强说两句。我一定说得很坏，您别笑话我。"

"您太客气了！您的俄文确实说得不坏。"

"在旧俄文学里，您是不是最爱屠格涅夫？"

"何以见得？"

"年轻的女孩子们，总爱把屠格涅夫的小说藏在口袋里。他的作品大多写年轻人的故事。"

"不，我欢喜陀思妥耶夫斯基。"

"为什么?"

"因为他的作品里创造了一些并不伟大的人物。"她加了一句。"您以为伟大人物对于人类是必要的么?"

"正相反。"

她好奇的瞅望我。

我向她解释:

"如果世界上全是伟大人物,人类非毁灭不可!"

"您又在说笑话了。"

"一点不是笑话。"

"为什么?"

"我现在问您:耶稣算不算是世界上最伟大的人物?"

"当然是。"

"如果个个人都是耶稣,人类非灭亡不可。"

"什么理由?"

"您不知道,耶稣是一辈子独身,没有结婚吗?如果个个人学耶稣,人类岂不绝种?"

她忍不住笑了。

她看看表,站起来。

"我该走了,不早了。"

我告诉她,她的帐我已付了。

她先是不答应,继而不相信:

"您什么时候付的?您一直没有离开桌子呀!"

我低声向她说了个笑话:

"我一个人可以变成双体人:一个在这里陪您谈话,另一个却偷偷去付帐。"

她又笑了。但还是不相信。

到了柜台边,见我果然付过帐,她弄得有点莫名其妙。西人上馆子,大多各付各的,就是由一个人会帐,也是当友人面前算清,像中国人一进门,就偷偷摸摸付款,唯恐友人看见,这种巧妙手法,外国人绝想不到。

"今天真得谢谢您,您太破费了。"

她告诉我,她们学校教职员发蓝色咖啡券,用来喝咖啡,只合六七毛钱一杯。我们外国人以现款付帐,则合五六十个卢布,相差八九十倍,未免太不合算了。她一边说,一边很抱歉似的。

本来,俄国一些商店对外来旅客,一直带着敲竹杠性质,好吸收美金现款。今天奥蕾利亚的帐,我本无代付必要,但为了显示友谊,我终于这样做了。

出了大门,我一定要送她回去。这样深的夜,让她独自回家,我实在不放心。

她无论如何不肯,说我如果送她,必耽误我自己路程。

我说:我的路程没有什么,我是个男人,走路是很方便的;她是女孩子,情形不同了。

"不管您怎么说,我送您是送定了。这是我的责任,也是我的义务。如果不能完成责任、义务,将有背于我的军人身分。"

她见我词严义正,无话可辩,不开口了。

我们默默走了一截路,我轻轻问她:

"您冷不冷?"

她说:微微有点冷,因为夜太深了。

"您呢?"

"我不但不冷,还热得怪不舒服。"

她怀疑的望了望我。

我低低向她解释:

"和您在一起,我觉得,这个北极严冬似乎变成印度夏季,一切很热。连北风与冰雪也是热火火的。"

她似乎有点感动,轻轻道:

"您真会说话呀!我很少遇见过这样会说话的人。"

"您知道,我今天为什么这样会说话?"

她摇摇头。

"您或许不信。平常朋友们没有不笑我口才笨拙,都说我是猫头鹰,今夜,不知道是怎么回事,舌头好像被上帝改造一遍,猫头鹰仿佛暂时变成夜莺。这个,我应该感谢您。"

我叹了口气。

她陷入沉思中。

我们转过几条街,终于在班白吉尔考斯街的一条巷子口停住了。

"将来还有再见的机会么?"我有点伤感。

"也许有吧!"她沉思着。

"在街上再见面的时候,如果向您打招呼,您会不会理我呢?"

"我想我还不至于这样不近人情吧！"她轻轻笑着。

"那么，明天下午四点，我到您学校来参观，好不好？"

她踌躇着。

"您大约不愿意再看见我了，是不是？"

她不再踌躇，肯定的道：

"明天下午四点，您在学校门口等我。再会，您快点回去吧！"

"再会！祝您夜安。"

我走不几步，又停下来。

这时，黑暗中响起敲门的声音，女孩子在喊着："妈妈！妈妈！"

门开了，灯光中现出一个高高的白发老妇。

少女鱼一样的溜进门。快入门时，她伸出一只右手，摆动了一下，意思是要我走开些，别让她的母亲看见。

我悄悄在黑暗中走开了。我再回头时，少女与老妇都没有了。只有关门的声音，很响。

归途上，我又回咖啡馆坐了一会。返收容所时，已逾两点。我一夜没有阖眼。

【八】

第二天是元旦,街上人多。我穿过一簇簇人丛,跑到奥蕾利亚那个 T 中学门口,在门外等她,这时才下午三点半左右。

我是激动、兴奋,好像就要迈往一片新的土地。每一个路人由我经过时,我都向他(她)们抛出喜悦的眼色,似乎说:"朋友们,我是一只金黄色蜜蜂,酿制了过多的蜜,请你们来分享吧!"

T 中学附近是一家摄影店,玻璃窗中,陈列一些美丽的画片与摄影名著。有一幅居然是珂罗版的高更名画《泰什蒂岛的女子》。画中显出明蓝的天,杂乱的丛草,摇着翠绿色叶子的棕榈树,树身是棕黄色,树下面,坐着一个金棕色的裸体女子,是泰什蒂岛土人。这是一幅原始风土画,画面闪射极刺激的蛮艳。高更是后期印象派大师。他把一生心血都浇灌在泰什蒂。为了追求单纯的原始境界,他与此岛土人打成一片,娶土女为妻。他憎厌巴黎大都市的堕落文明,宁生活于未开化的土人群。

看了这幅画,生命里的偶然成分,不禁使我震颤起来。一个人的生命的消耗方式,纯粹是一种偶然。高更是偶然到达泰什蒂岛,竟必然爱上它,更必然把自己的艺术生命消耗于它。

冰天雪地之夜,我从歌剧院归来,狭路相逢,与奥蕾利亚邂逅,又何尝不是偶然?谁又知道:这个偶然将来会产生怎样的必然结局?

我一面想,一面看表,已经四点廿分了。

"咦,她怎么还不出来呢?"

"她该不会骗我吧?"

我继续等下去。

一直等到五点左右。

我忍不住了,跑去问学校门房:奥蕾利亚小姐在不在?

那鼻子通红的俄国老头子瞪瞪我,说她今天一下午都没有来。他一面说,一面好奇的瞅着我。

老头子的话,似一盆冷水,把我从大梦中泼醒。

按理呢,我认识她还不到一天,原不能对她有所苛求,更不配严厉责备她。我所唯一不痛快的是:她不该失信。

她既然答应我,今天在校门口会面,就不该叫我白等了半天。

男性自尊心使我不能不有点气愤,但我又不以为她是在骗我。第一,她没有骗我的必要,她要是不满意我,尽可以在敷衍一番之后,再摆脱我;第二,昨天她答应我时,态度极诚恳,不像要骗我或拿我开玩笑的样子;第三,昨夜无论在态度上、说话上、行动上,她都不像太讨厌我。特别是,她走出咖啡馆,向我望了一眼,及走进家门后,向我摆摆手,更蕴藏了一些情感成份。

可是,她为什么害我白等这半天呢?

难道临时有什么事吗?

如果有什么事,她应该在门房留一句话啊!

我左思右想,总想不通这个道理。

终于,我自安自慰,世界上的事原很偶然,我和她偶然相遇,又偶然相别,甚至此后在大街上相遇,谁也不会再认识谁,也是可能的,我又何必为这些事烦恼呢?

这样一想,我满肚皮的不快,都消失了。

不过,自尊心受伤害,并不是完全可以立刻忘记的。这一天,我回到家里,依然有点隐隐的不舒服,随着胡思乱想,它逐渐愈来愈厉害。

一夜里,翻来覆去,一直睡不着。我越想越气,愈想愈懊恼。一个人的感情,真是奇怪。理智上,我对自己不只说了一百遍,不该生她气,也不配生她气,但感情却始终沉不下来。男性自尊心要求报复。

"是的,我必须向她报复!"

我不断重复这几句话。

决定向她报复后,情绪倒安定下来。

翌日,一个响晴天,阳光闪烁,下午四点欠十分,我又到了

T中学门口,决定进去找她。会见她以后,我决定只说下面一段话:

"尊敬的奥蕾利亚小姐,昨天下午四点钟,我遵照您的约,到这里来了,我一直等到五点多钟,却始终没有看见大驾。后来听门房说:您昨天整个下午都没有来。您真是一个守信用的女子。我今天来,特别向您这一点致敬!再会!"

说完上面这段话,我将望也不望她一眼,就回转头,拂袖而去。

我一定要这样做,并且做得极冷酷。

不知不觉,已走到T中学门口。

正想去门房那里通报,一个人突然在我后面打招呼。

我回头看了一眼,不禁怔住了。

正是奥蕾利亚!

她满面红扑扑的笑容,走近我。还不待我开口,她就表示极度抱歉:

"昨天真太对不住您,叫您空等了。这件事,发生得太凑巧了,说起来,或许您不会相信。昨儿因为是元旦,下午三点,学校当局临时派我做代表,出席本市一个很重要的妇女会议。我没法推辞,就留一个条子说明情形,交给门房,告诉他:如果有人来找我,就把条子给他看。谁知门房弄错了。他见您是中国人,就没有给您看条子。他总以为我的朋友都应该是俄国人。今天我知道这件事,觉得太——太对不起您!您——您不会生我的气吧!"

说到这里,她温柔的溜我一眼,面孔做赧,显出真诚的歉意。

真奇怪,我一整夜的预定计划,竟崩雪似的,完全崩溃了。她说话的语气,是那样诚挚,不由得我不信。

另外一个理由,(这或许是主要理由),使我不得不面临崩雪的是:她的仪表委实太动人了。前晚在咖啡馆所看见的她,风度固然叫人折服,可此刻的她,却更令人赏心悦目。她整个丰采,在灯光下面,还有点朦胧,在白昼的晴光中,却像黎明的太阳,光芒四射,一片灿烂。

她穿一条法蓝绒长裙子,法蓝绒的坎肩,外罩一袭浅灰色皮大衣,头上仍戴着那顶银色土耳其皮帽子,颈上绕了一条猩红色大围巾,长长的反搭拉在发后。这一身银红灰蓝四色装束,配着她那白白的鹅蛋脸,闪电一样的蓝色大眸子,帘子似的长长黑睫毛,雕刻般地脸轮廓,银杏树型的苗条身段,——唉,我怎样形容才好呢?

我愣了一会,终于轻轻笑着道:

"我本来倒想生您的气,现在不生了。"

"为什么?"她微笑着。

"不为什么。——就是这么一回事。"我低下头。"假如我按真实回答您,那倒未免有点可笑了。"

"嗯?"她不微笑了,沉思。

我似乎自言自语:"真怪,在如此短的时间,一个人竟会有那些怪想头。"

她装作未听清我的话,冷静的道:

"可我真得向您道歉。"

"应该是我向您道歉。昨天,我没有判断您一定会留条子,主动去探询传达,反而搅起您一大阵子不安,像粗心的东风,吹皱一池宁静春水。这是客人对主人的一种不礼貌。我不该向您正式道歉吗?"

"您真会开玩笑!"

我笑着,终于很轻松的道:

"好,昨天的事,就用我这个'玩笑'结束吧,不许再提一个字。不过——"我的态度忽然认真起来。"我要罚您一下。"

"罚我什么?"

停顿一下,我故意很谦虚的道:

"罚您陪我参观贵校一次。"

她忍不住微笑起来。

【九】

T中学设备平平,与其说是参观学校,倒不如说是为了"参观"奥蕾利亚本人。我乘参观的机会,东拉西扯,和她有一搭没一搭的谈。我不断观察她的言语动作。我发现,她招待得特别热心,凡我所提出来的问题,她都特别详细的解答,唯恐我有一丝一毫的疑团。

参观完了,我要请她喝一杯咖啡。

她说:今天她是主人,我是客人。得由她做主人。否则,她不去。

她又说:她用咖啡券喝,不过几毛钱一杯。如果由我请客,那太破费了。

我的目的,不过是找机会和她多谈谈。我请她或她请我,都没有什么大关系。我便听她。

我们又蹓到前晚的那家咖啡店。

我提议,仍拣靠东边墙角上那两个老位置。

她问我为什么。

我们坐下来。

"我的理由有三。第一,这个位置靠东边,东边是太阳升起来的地方,坐在这儿,好像是和太阳坐在一起,心头说不出的温暖,光亮。实际上呢,在我眼睛里,您就是一轮太阳。第二,这个位置是在墙角落,地球上许多美丽的事,常发生在墙角落。这儿,又笼罩一份阴影,好像橡树阴,容易引起人的梦想。第三,这儿是我们第一次相识的地方,在街上,我们不能算是认识,那时,我们互相还不知道名字哪!我想,以后我们不进咖啡馆则已,否则,一定要到这一家,并且,占据这个老位置,这样做,会引起一点美丽的回忆。"

她轻轻笑起来。

"真奇怪,您的谈吐,一点不像军人,倒像诗人哪!"她用神秘的眼色瞪瞪我。

"一个军人难道不能兼一个诗人么?"

"军人与诗人似乎是相反的存在。"

"一个好军人,也是个好诗人。所谓诗人,是指那些对生命最具有深刻理解力的人。军人在火线上,几乎每一秒都在生与死之间徘徊,对于生命他天然的具有深刻理解力。"

"不过,一般军人并不如此。"

"不是他们不能如此,是不愿如此。古往今来,愿意兼任诗人的,只有两个人。"

"哪两个?"

"一个是拿破仑,一个是我。拿破仑一生太走运,太有办法了,所以非兼为诗人不可。我呢,一生太不走运,太没办法了,所以也非兼像诗人不可。"

仆欧把咖啡茶点拿来了。

我喝了口咖啡,抬起头望着她。

"前天晚上,和您分手以后,您知道我做了些什么?"

她摇摇头。

"我又跑回来,独坐了一个钟头。"

"为了喝咖啡?"

"不,为了想。"

"想?"

"想!"

她沉默了好一会,低低问:

"想什么?"

"想明年此日,我会不会坐在中国南方或北方的一座古老瓦屋的窗下喝茶,想今年此日和您相遇?以及您这件浅灰色皮大衣上的一颗灰色大钮扣?想您会不会坐在托木斯克一家咖啡馆里喝咖啡,在想我这件黑大衣上的一粒黑色大钮扣?"

她又默了一会,低低问:

"不能少想点?"

我摇摇头。

"我们看见牛马被农人鞭打得很可怜,会发生一个疑问:它们不能离开主人,逃往荒野里去么?它们偏偏就不能逃。人其实和皮鞭下的牛马没有多大分别。"

她沉思起来。

她终于叹了口气。

"您的话似乎过火了。人生并不都是可怕的。"

我摇摇头。

"一点也不过火。别人的经历我不敢说。按我自己的经历,人生确是可怕的。"

"为什么?"

"我不愿意说理由。我只想谈一个事实。"

她的眸子掠过我。

我庄重的道:

"奥蕾利亚小姐,坦白告诉您吧:在我一生中,我只遇见一件不可怕的事。"

"什么事?"

"我们的相遇。"

她沉默。好一会,才轻轻道:

"林先生,您把人生看得太严重了。"

"您以为把人生看得不严重,可能么?"

"可能。"

"现在我向您作一个并不严重的请求:明晚我请您到小歌

剧院看《茶花女》,好不好?"

"这——"

她踌躇起来。

我大笑。

"好,我刚才的话,您总可以相信了吧?"

她微笑着,毅然道:

"我,我也可以应您的邀请。只是,我们刚认识不久,我觉得不该太冒昧……"

我微笑起来。

"您这样说法,还是把人生看得太严重了。"我笑着道,"您还有点不坦白。"

"不坦白?"

"您刚才所说的,并不是您本心话。您其实想说:'先生,请您别再纠缠我吧!'"

她脸孔登时红起来,垂下美丽的头,低低的,诚恳的道:

"林先生,您误会了。我丝毫没有这种意思。我,我很愿意陪您看《茶花女》。"

"那么,这就说定了,明晚我在歌剧院门口等您。"

【十】

翌日晚上,奥蕾利亚打扮得一身新。我第一眼就看出来,她完全是为我打扮的。

《茶花女》歌剧,除夕我已看过了,但托木斯克歌剧院,只此一家,除了它,再没有地方欣赏古典歌剧了。

歌剧与小仲马的《茶花女》小说及剧本略有出入,但原来的故事太哀感顽艳,不管怎样修改,还是动人。制谱者是歌剧大宗师凡尔第,音乐像满含蔷薇花香的春风,充满了一种说不出的魔力。

茶花女与阿弗锐分别后,相思缠绵,唱起《梦里情人》。这支歌曲,是西洋歌剧名歌之一。

茶花女优美的唱着:

……

> 侬心坚似铁，
> 何能动吾情！
> 奇者个郎语，
> 竟尔镌侬心。
> 环座皆俗物，
> 宁勿令人憎！
> 吁嗟乎，
> 章台走马王孙多，
> 风尘知己君一人！

我转脸望了望奥蕾利亚，像星星望星星。

她也回望我，像绿水莲花望莲花。

随剧情发展，悲剧味一点点加重。关于茶花女的故事，我相信你背得比我还熟，我不重述了。

当茶花女缠绵病榻，濒死之际，她唱了"再会啊，光明的前途！"

> 吁嗟乎，
> 筑予蔷薇之宫兮，
> 惜其藩已消。
> 备予光明之前途兮，
> 嗟无福以逍遥！
> ……

失恋兮，

情天有幸而能重补兮。

予神已疲兮，

何来灵芝以续命？

……

嗟彼游子兮，

慰抚来何其晚？

黄土一抔兮，

恨红颜之命薄。

……

这首短歌凄艳极了，听这样哀婉的音乐，再看看病榻上茶花女的憔悴孤零的姿影，不少观众落泪了。

奥蕾利亚轻轻啜泣。

我不由自己的握住她的手。

她抬起泪水盈盈的眼睛，瞄了我一眼。

她没有撤回手。

看完戏，又回到那爿咖啡馆，依旧是东边靠墙角的老位置。

已是夜十时半左右，客人不多。四壁蓝色灯光现得分外静谧、柔和，像春末的凋残花朵。

有好一会，我们没有说一句话。

我看看她的脸色沉静、严肃，眼圈子还有点红。

我微微笑着。在戏院里时，我就这样微笑着。

喝完半杯热咖啡,她透出一点生气,带着庄重的神气道:

"我真不懂,看完这样一出悲剧后,您还有勇气这样微笑。"

"您以为非流泪不可么?"

"当然要流泪。"

"鳄鱼最善于流泪,它要吃人以前,总要先流一次眼泪。"

"鳄鱼和茶花女有什么关系?"

"我所说的鳄鱼,不一定指水边的鳄鱼,就在今天的歌剧院!甚至在我们旁边座位上,可能也有鳄鱼!"

"……"

我投了一块糖果到嘴里。

"无论在巴黎或纽约的大剧院里,都有很多鳄鱼在看《茶花女》、或《蝴蝶夫人》、或《浮士德》。他们不仅流泪,并且还哭。不过,这流泪痛哭和台上所演的歌剧一样,演完就算。这以后,鳄鱼还是干本行,把别的动物或小孩子当粮食,吞吃到肚子里。它一面这样做,一面就流泪,因此,人们便给它一个称号:'慈善家'。"

她笑起来。

"您真会说笑话。"她镇静的道,"您这些话,并不是看完悲剧以后必须微笑的理由。"

"一定要我说理由?"

我喝了口咖啡,庄重的道:

"我的理由很多,现在只告诉您一个:《茶花女》歌剧演得并不算很好。"

她不开口,等待我继续说。

"歌剧的'歌'的部分,音乐的部分,或许是成功了。我们的听觉感官,确实沉迷在一片魅人的音乐大流体中。但'剧'的部分或许失败了。我们的视觉感官相当难堪,与听觉感官并不完全协调。"

"为什么?"

"您听不出来,茶花女临死之际,唱了一支歌,叫作《再会啊,光明的前途!》实在唱得不错;可是,一个濒死的病人,一个肺病第三期,奄奄一息的病人,哪有那样充沛饱满的精力,唱那样一支歌?这不是完全不符实际么?"

她点点头。

"严格说来,歌剧是不能成立的,如果顾到'歌','剧'可能要失败;如果顾到'剧','歌'可能就要失败。"

她点点头。

我继续道:

"更严格说来,悲剧也不能成立。有'悲',就没有'剧',有'剧'就没有'悲'。"

"您这几句话,我倒不明白。"

"真正的悲剧,只能读剧本,不能在台上演。"

"为什么?"

"如果要演出,非发生人命案子不可。"

"您又在说笑话了。"

"不,我绝没有说笑话。像《茶花女》这种悲剧,如果我是女人,我扮演茶花女时,只有在一种情形下,我才愿意上演。"

"在什么情形下?"

"当我想自杀的时候。"

"自杀?"她眼睛睁得大大的。

"是的,只有决心自杀的时候,我才愿扮演茶花女。"我笑着。

"您的话真怪。"她也笑着说。

"一点也不怪。一个真正的绝顶好演员扮演茶花女,演到茶花女临终一场,她非死不可。如果不死,就证明她演得不真。所以,我常常想,自有《茶花女》这个剧本以来,所有演过茶花女的女演员,都算不得好演员。至于在茶花女临死之际,还要用元气十足的嗓子大唱《再会吧,光明的前途!》的事,简直是和剧本开玩笑。因此,我觉得,这不但不是悲剧,简直就是喜剧。所以,我非微笑不可。"

"您的见解倒值得玩味!"她轻轻说。

"从前美国好莱坞有一部电影,叫作《最后的命运》,男主角是一个白俄流浪者。这部片子有一个紧张的场面,就是:男主角在受到一个意外大刺激时,他昏厥过去了。这个白俄流浪者演到这一场时,他真的昏厥过去,从此再没有醒过来。他死了!"我停了停,沉思道:"在世界电影发展史上,我们如果要选一个最伟大的男明星,只有这个白俄流浪者才有资格当选。像什么考尔门、卓别麟、克拉克·盖勃尔等等,还差一截。"

"照您这么说,演戏不是一件很危险的事?"

"自然很危险,所以,一个人最好不要演戏。"

她向我轻轻瞪了一眼。

"您相信不相信,我是一个会演戏的人?"

"您不仅会演戏,而且一天到晚在演戏!"她带点讽刺的微笑了。

"您已经看出来,我现在对您也是演戏?"

"有点像。又有点不像。"

"要不要我替您这两句话批注?"

"批注?"

"您说'有点像',是指我正在向您演戏。'又有点不像',是指您没有意思陪我演戏?"

她脸孔有点红,垂下头来。

我从咖啡座子下伸过右手,暗暗紧握住她的一只手,低低抱歉道:

"真抱歉,我怕我说得有点过火了。您心中大约这样想:'先生,您太爱耍心机了,我有点怕,我现在的处境真难,理您固然不好,不理您似乎也不好。……'"

她红着脸微笑,一直让我紧握住她的手。

我笑着道:

"您应该小小高兴。我所用在您身上的心机,只不过为了完成一个希望。"

"什么希望?"

"希望您能生活得幸福点、美丽点。"

我把她的手握得更紧一点，双眼箭镞样注视她。

她脸上显出激动的样子。

我撒开她的手，站起来，轻松的笑着道：

"好，时间不早了，今天我们的戏算是演完了。我如果一直用这种稳健的态度，像用时速三十英里驾驶一辆福特汽车，向您演戏，您不会害怕吧？"

她忍不住笑了。

"奥蕾利亚小姐，您是不是觉得很有意思？我们不过仅仅认识了三天，就谈了这么多问题。上自天文，下至地理，大事小事，人生与恋爱，艺术与哲学，无不谈到。我们从茶花女谈到鳄鱼，从哭谈到笑，从自杀谈到演戏。……世界上任何一对相识才三天的男女，我不相信会谈这么多问题。我们谈得像三十年老朋友一样，多有意思！"

她不开口，只是笑。

这一晚的咖啡帐，是她付的。

不管她的反对，我一直送她回家。临分手时，我告诉她，明天是星期日，下午两点，我直接去看她，拜访她的母亲。

"我知道您对我这个请求是不高兴的。但我还是请求了，并且代您批准了。放心吧！我所演的戏，一直是稳健的。我绝不会用时速七十英里开福特汽车！"

【十一】

我当真准时叩奥蕾利亚的大门,带了一个大纸包。

门开了,一位高而胖的白发妇人出现在我面前,约五十多岁。我一眼就猜出,她正是我女朋友的母亲。

老妇人大约已听到女儿说起我,满面堆笑,和蔼的道:

"是林先生吗?请进来坐吧!她还在楼上,我去叫她下来。"

才入客室,一阵匆促的楼梯声响起来,奥蕾利亚黑蝴蝶似的翩翩飞下来。

她的鹅蛋形的脸上新敷一层薄薄脂粉,流露出新鲜的光彩。她金黄色的发鬈似乎刚膏沐过不久,梳扮得整洁而瑰丽。她系一袭墨黑的百褶长裙,上穿黑色长袖绒线衫,敞着紫红色绒衬衫领口。这一身黑色装束,我发现先前所没有窥见的美致,一种庄重的美!真是高贵娴雅,仪态万方。

我努力使自己镇定下来,把手上大纸包交给她。

"按照我们东方人习惯,或者说是中国人习惯,一个人新认识一个朋友,第一次到她家里作客①,他必须带点礼物,才算合乎礼貌。因此,今天我给您的母亲带来一点东西。照你们西方人习惯,这或许不很合适。但我,希望暂且按我们东方人规矩,这样,我才可以很愉快很自由的在这里做客。"

这套外交词令背完后,老妇人忍不住笑起来,她摆动着高而胖的身躯,慈母似的,抓住我的臂膀,摇了摇道:

"常听人说,中国人是一个最客气最讲究礼节的民族,所有中国人都是'客气专家',今天果然得到证明。林先生的馈赠,我们本不能接受,您既然一定希望我们暂时遵守东方人的习惯,只好遵命。不过,下一次来时,请千万不要再运用这种'东方习惯'了。"

老妇人说完,我们都笑起来。

谈话从笑声中开始,愉快而活泼。

这时,五年计划才开始,当地人民生活很不宽裕,日常食品相当困苦。比较好的食物,都以高价卖给外来旅行者,换取美金,本地人不容易享受到。明白了此中甘苦,我特别选购一些较精致的食品,像牛油、腊肠、火腿、罐头、沙丁鱼、巧克力糖等类。不用说,她们很久没有吃到这些好东西了。因此,老妇人打开大

---

① 做客。

纸包,发现这么多美味食品后,尽管由于礼貌、教养,不得不强压住心头欢喜,脸上仍无意中稍稍流露一点。奥蕾利亚倒没有表示什么,她只是不断偷觑我,似乎带着什么心事。

尽管我厌恶市侩作风,但社会经验告诉我:欲争取女儿的好感,须先争取妈妈的好感,否则,她会像一座大风车,屹立在你和她之间,不断播送强大冷风。我没有愚公移山的条件,也不想和一座大风车打交道,更不想扮老愚公,因此,不得不暂时皈依唯物论,它的比橡木更坚实的论点是:对付老太太们,五磅火腿比一个月的请安问候还要有效。现在,我从她的神色上,发现这种论点的可厌性与可爱性。

老妇人从头到脚打量我一下,笑着道:

"林先生,您的身体真魁梧,简直就像俄国军人一样。我从未见过像您这样结实的东方人。"

奥蕾利亚告诉她:我是和中国抗日名将马占山一道来的,我们过去在东北和日本军队作战很久,英勇善战。我更是一员勇将,立下了不少战功。

马将军一行人抵达托木斯克的事,她早就听说过了,此刻能亲眼看到一个中国军人,颇感荣幸。知道我是上校时,对我更殷勤了。

"这样年轻就当上校,真了不起!"看她那副神气,如果她是军人,几乎要举手向我致敬了。

很快的,她到厨房去给我煮咖啡。

我对奥蕾利亚笑道:

125

"谢谢您！您为我在您母亲那里，已做了一个最好的广告员所能做的了。"

她不开口，只是咕咕笑。

这一天，我在她家里玩得很尽兴。我并不傻，明显的看出来，她的母亲对我颇具好感。她认为我是一个受过优良教育的上流绅士兼军官。

离开了奥蕾利亚的家，这一晚，我兴奋得失了眠。

我开始郑重考虑摆在我面前的问题。

假如我和奥蕾利亚真是演戏呢，演到现在这个局面，大可告一段落。

假如并不是演戏，那么，我们这种关系继续发展下去，将会产生怎样的结果？我们的关系，又有什么可能的前途？

我看得出来，这个女孩子对我具有好感，只要善于运用这份好感，细水长流，迟早我会赢得她的全部感情。不过，赢到又怎么样？

我的心情有点矛盾。理智上，我极愿这份奇遇赶快终止，双方都不会感到什么不愉快，最多只有点怏怏而已。而这点"怏怏"感，就可以防止这出戏弄假成真。

可是，感情上，我总狠不下心。

我没法摆脱这个女孩子的魔力。只要一天我还在托木斯克，只要一天她不明白表示讨厌我，我就无法永远离开她。

人真是个可怜的动物，除非能把自己训练成一块石头，否则，就无法不做感情的俘虏。

我的处境是可怕的寂寞、苦恼。虽有近两万同伴,但没有一个可以多谈谈的朋友,更说不上有一个真正了解我的知己。我,一个失去祖国的亡命徒,七八岁就离乡背井。二十多年来,一颗心一直滚动在荆棘丛中,被刺得血淋淋的。几乎从没有一个亲人的手指抚摸过它,更没有过一个少女的嘴唇吻过它。我太需要友谊了,特别是一个少女的温情。

"未来"是一个渺茫的字,我能知道明天、后天,却无法预测明年、后年,或十年后。我们在东北的抗战失败了,中国自己正陷入水深火热,哪有余力帮助韩国光复?整个民族前景茫茫,个人还有什么永恒的幸福未来?可是,这并不妨碍我追求较短暂的幸福火光。一个人不能想得太远,他只能生活在赤裸裸的现实中。当现实的杜鹃花开遍春天原野时,我们就该沉醉于它的色香中。

奥蕾利亚正是这样一朵杜鹃花。

"我绝不能放弃奥蕾利亚的友谊。"

这个思想,是我一夜失眠的结论。

这以后两个多星期,我尽量利用各种机会与她会面,在她家里,在学校里,咖啡馆里。平均每两天见一次。不过,我虽尽可能增加接触机会,却也尽可能显得轻松,自然,不使她感到我是在缠她。

我读过《红与黑》,对司汤达这位大师的艺术,佩服得五体投地。但我不太赞成主角于连那种恋爱风格。可社会上不少恋爱场合,于连那种风格是一种现实的存在。不管你欢喜不欢喜,男的或女的,有时确实表现这种风格。若干年前,我在中国认识过几个女人,她们就想用这种风格征服我,我不得不逃走了。目前,由于我现实境遇处于绝对劣势,又想速战速决,早点获得她的全部情感,有时候,只得自认有点卑劣的,多多少少,也想试试玩弄于连那一套,为了我还有一个潜在对手瓦希利。天知道,到此刻止,我还未见过他呢!

我觉得,一个善于驾驭马的好骑手,会用各种巧妙方法拘束它,使它俯贴、驯顺、就范,却又丝毫不叫它感觉是在束缚它。直到最后,马心甘情愿,接受他的约束。

也许女人有时就有点像马,一个男子想做一个好情人,先得学习做一个好骑手。

不过,这一切只是爱情小小插曲,而且是偶然的插曲,却不应该是主旋律。

奥蕾利亚的确是一个可爱的女孩子。她有许多女孩子的长处,却没有她们的短处。她最叫我欢喜的地方,不一定是她的美丽,倒是她的智能、她的情愫。

有些地方,她像中世纪西班牙修道院女尼,纯洁、幽静。她欢喜静静的坐在你身边,静静的听你讲,温柔得像小波斯猫。

有些地方,她又像古代希腊哲学家,敏感的观察一切,捕捉一切,然后,一一提出疑问,再加以解答。当我谈到一些哲学问题时,她的理解力是惊人的。没有一句我说的话,不被她咀嚼得透底。

她学文学,主要性格是倾向文学。简单说来,她是一个爱美者、欣赏者,凡艺术范围里的瑰丽形象,她能欣赏、玩味。

她的形体美给我的吸引力是暂时的,她的智能与高贵情愫对我的吸引力却是长期的。

托木斯克的当地环境,我很了然。在这种空间,竟会产生这样一颗与土壤风物不大协调的灵魂,一朵精致的奇花,我自然渐渐发生好奇心。

有一天,她母亲不在,我上她家玩,对客室四壁上的一些波兰风景相片看了一遍,又望了望波兰大文豪显克微支的照片,以及一个穿波兰国防军制服的中年军官的肖像,(她告诉我,这是她的亡父,)我忽然转过头问她:

"奥蕾利亚小姐,请原谅我提出一个冒昧问题。我猜您不是俄国人。"

"您以为我是哪一国人?"她笑着问。

"您是波兰人。"

"何以见得?"

"我的理由很多。为了搜集这些理由,我很下了一番功夫。现在,这张肖像终于为我揭开谜底。您是不是波兰人?"

她点点头,神色微微有点惨然。

"您为什么不早告诉我?"

"我怕您误会。"

"什么误会?"

"波兰民族一向被别人轻视。"

"人们有什么理由轻视波兰民族?它现在不是一个独立自

由的国家？"

"可是，波兰过去曾经三次被瓜分，有一个很久时期，它一直是别人的奴隶。"

"说来您或许不信，在世界各国女人里，我最敬佩的倒是波兰女人，这个，我绝不是当面恭维您。"

"为什么？"她笑着问。

"因为近一百年中波兰出了一个最伟大的女人。"

"谁？"

"玛丽·居礼①。"

她脸上射出虔敬的光辉。有好一会，她才轻轻叹了口气。

"居礼夫人的确是一个不寻常的女子。"

被一股说不出的感情所激动，我昂奋的道：

"居礼夫人不仅是不寻常，简直是不可形容的伟大、崇高。不仅在近代女性里，就是在男性中，我也很少看到这样伟大崇高的灵魂。也许因为她是波兰人吧，法国政府故意给她种种冷落、贬抑，但是，只要地球上还有人类的话，居礼夫人的伟大将与山河同存。"

我告诉她，为什么我特别崇拜居礼夫人？

"大科学家爱因斯坦曾经说过这么两句话。他说：'在所有名人当中，玛丽·居礼是唯一没有给声誉所毁的人。'……这两句话虽然很简单，却能一针见血的道出居礼夫人的伟大人格。

---

①即居里夫人。

130

试想想,在历史上,古往今来的所谓名人和英雄,有谁多少没有受声名的影响,有谁能像居礼夫人这样丝毫不为声名所动?居礼夫人不仅不爱声名,甚至还讨厌它、躲避它。

"当第一次诺贝尔奖金赠给居礼夫妇时。在接受奖状与奖金的那一天,居礼夫人给她的哥哥写了一封信,信上说:

"'诺贝尔奖金的一半,已经赠给我们了,我不知道它的确实数目,我想大约总有七万法郎吧,这在我们当然是一笔大款项了。我不知道在什么时候才能领到这笔款项,也许就在我们前往斯托荷尔姆的时候吧。我们还须在12月10日以后的六个月间,在那里作一次演讲。

"'我们给信件、摄影员及新闻记者的来访缠住了,只要有地可钻,我们真想藉此稍求安宁。美国方面给我们一个建议,要我们到那儿去作一次有系统的演讲,报告我们的研究工作。他们问我们要获得多少报酬。无论条件如何,我们总得谢绝,我们千方百计避免人们为我们举行的荣誉筵,我们回绝了,他们也知道没有办法了。

"'我亲切的吻你们,并且请求你们不要忘记了我。……'

"这封信太可爱了,她显示一颗伟大灵魂的深度。

"当他们领到诺贝尔奖金后,除留一部分自己必要的用费外,其余的都帮助了别人。他们给一个朋友汇去两万奥币,帮助他创办一座疗养院。他们给许多波兰学生们,玛丽居礼儿童时代的朋友,实验室的助手等等,送了许多礼物。他们帮助一个女生的学费。有一个曾经在波兰教过玛丽·居礼法文的法国老妇人,她一直住在波兰,她生平的最大梦想,是重见她的故乡——法国地普一面。玛丽·居礼汇了一笔钱做旅费,负担她的来回费用,使她实现了这一梦想。……

"关于居礼夫人的伟大是说不完的。

"波兰有这么一个伟大女子,足以向全世界骄傲!

"您刚才说别的民族会轻视波兰,有谁敢轻视?"

她听完我的话,非常兴奋,也极感动,她的一双眼睛火热的望着我,低低道:

"我绝没有想到,关于居礼夫人的事,您知道得这么多,连她的信都背了下来。"

说到这里,她不再说下去,把好几句没有说出的话也咽下去,只用满含深情的眼睛凝视我。

我低低道:

"关于居礼夫人,只要是我能找得到的传记和零篇文章,我都看了,个别极动人的,我全会背了。关于居礼夫人所发明的镭,我知道得很少,但关于发明镭的人,我却尽我所能知道的知道了。……您知道居礼夫人平生最伟大的那件事吧?"

她点点头。

"这种事,不管人复述多少遍,全不会厌倦的。"

我便复述有关居礼夫人的另一段轶事。

讲完居礼夫人故事后,一时我们都陷入沉默中。

我用下面的话打破了沉寂。

"近代科学家中,像居礼夫人那样千辛万苦,不顾一切艰难,完成一种发明的,已经很少了。经过这种形容不出的千辛万苦,完成了一种伟大的发明后,能够丝毫不取任何报酬,立刻公开自己的发明,这在近代史上是绝无仅有的例子。"

停了一会,我又继续道:

"居礼夫人完成这一伟大发明,表现出她的伟大精神时,她的祖国波兰还在德、俄、奥三国铁蹄下,她则是一个不折不扣的亡国奴,一个亡命徒。这对那些强国实在是一个莫大讽刺。"

她全神贯注,听我说下去。

"说来很奇怪,近代两个极伟大的人,都是失去祖国的亡国奴。这两个大伟人,一个是男人,他是甘地;另一个是女人:她是居礼夫人。

"照我的推论,我们如果真要找当代圣人,只有到亡国奴当中去找。在强大的国家中,倒是比较不容易找到的。"

她透了口气,热情的道:

"您的观察有道理。……"

沉思了两分钟,她好奇的皱皱长长眉毛。

"我很奇怪,您为什么特别崇拜居礼夫人?"

我低下头。

"因为我自己也是一个没有祖国的人。"

"您——"她诧异的望着我。

我苦笑道:

"中国只是我的第二祖国。我的第一祖国在鸭绿江南岸。您听说过世界上有一个最欢喜穿白色衣服的民族么?"

"韩国？您是韩国人？"

我点点头：

"第一次世界大战以前，世界上有两个富有悲剧性的民族：一个是东方的韩国，一个是西方的波兰。在许多情形下，它们所受的苦难都相同。历史书上，我们可以看到波兰革命者反抗统治者的英勇故事，波兰女子特别现出勇敢。在历史书上，我们也可以看到韩国革命者流血复仇的故事，许多韩国人用自己的鲜血来侮辱日本统治者，叫他们脸上身上永远带着血腥味。

"我还记得，在沙皇统治下，波兰到处是镣铐与皮鞭的声音。尼古拉皇朝不许波兰人学习波兰文字。在东部波兰，只容许一种文字：俄文。

"夜深了，一切死静了，波兰母亲听见旧俄巡警的皮靴声越响越远，渐渐消失了，她轻轻走到床面前，轻轻唤醒波兰的孩子——她的孩子。

"在黯淡灯光下，寒冷的冬夜里，波兰母亲把波兰字母一个个拼起来，教她的孩子。孩子又冷又倦，两只小眼睛似睁非睁，但他依旧专心学习。叫他着魔的，不是这些字母，而是他的妈妈的脸。这张脸说不出的叫他感动。

"终于，他发现眼泪一滴滴的从妈妈脸上滴下来。

"孩子不能忍受了，他抱住母亲哭了。

"这是波兰母亲的心。血淋淋的心。

"今天，波兰已飘起自由的旗帜。波兰母亲无须再在深夜流着眼泪把孩子从床上拖起来了！……

"可是,波兰的兄弟——韩国,今天还在日本刺刀下抖颤着,到处都存着波兰母亲的惨剧。在鸭绿江东岸,我的美丽祖国,没有阳光、没有自由、没有温暖、没有春天,人们像受伤的野兽,各自躲在自己的洞窟里。洞外,布满了猎人的枪口。

"我的祖国,字典上,已没有'笑'这一类字眼。如果还有人能笑,那么,它与一个自由国家里的笑是相反的意思。在韩国,人为什么笑?只因为他受苦受得这样深,无可奈何,才发明了一个'笑'。如果没有笑点缀,他们是一天也活不下去的。

"啊,波兰,波兰,这个字,对于我,代表一种极神秘复杂的意义。每一次,当我看见这个字或念这个字时,我就想起一个复活的华沙、再生的民族,一切充满了光明、自由。但是,看完了念完了这个字,想完了这个字所代表的涵义后,痛苦就像手臂似的拥抱我,我想起我的充满黑暗与屠杀的祖国,我的白头发的老母亲,黄昏站在高楼上瞭望我,等待着她的儿子归来,……"

说到这里,眼泪充满我的脸,我再也说不下去了。

奥蕾利亚无法抑制自己了。她紧紧握住我的两手,流着泪。

我们流泪互相定睛的注视着。我们的灵魂第一次真正拥抱在一起了。

【十二】

这一天,与奥蕾利亚分手后,我又悲又喜。悲的是:闲谈中,无意勾起我的乡愁,许久以后,一直郁积着的感情放泻出来,一发不可收拾。我离开奥蕾利亚,把自己藏在公园树丛深处,双手蒙住脸,偷偷哭了好一会。喜的是:这一次,把自己的感情袒裸在她面前,她对我有了进一层的了解。

从她的谈话中,我第一次知道她的悲惨身世。

她的父亲原是一个军官,第一次世界大战时,奉令调来托木斯克,管理奥国俘虏。他们一家都搬到这里。十月革命后,他死了,母女两个一直留在本地,不能返归波兰。她自己虽在俄国受教育,——从小学直到大学毕业,但她的思想仍深印着"波兰"的钤印。十五年来,她们的唯一希望,就是早点回到波兰。复活后的祖国,是她梦魂萦系的核心,她日夜怀念着波兰的花树、阳光、草原、流水……

精通俄文的母亲,在她目前任教的那个 T 中学教音乐,抚育她成人。前两年,健康不适,退休了,也渴望回归故乡。然而,按目前形势,回国可能性越来越少。一道无形的政治高墙,横阻在她们与祖国之间,天知道何年何日才能跨越。

在托木斯克,奥蕾利亚的手足似乎是自由的,心灵却被幽禁着。正由于这一种内心忧郁,她的感觉才渐渐变得纤细、精致。

她的身世如此,对我自然能深一层的了解与同情。

前面已说过,我并不很喜欢于连的恋爱风格,但为了测验一个女人的情感温度红线,很抱歉的,于连独创的那种探温器,我有时仍得暂借用。我和奥蕾利亚的友情,既发展到这种程度,我决心测验我在她身上的比重,是否能和那个瓦希利较量?

说到瓦希利,真奇怪,到如今我一直未碰见过他。我倒希望在奥蕾利亚家里偶遇一次,看他究竟是怎样一种人。

有时候,我也很想在谈话中提起他,却又不好意思说出口。我看得清楚,不管我用什么借口,只要我一提瓦希利,对方第一个反应一定是:"他在嫉妒!"我倒不愿意被别人当作爱嫉妒的。

因此,我认识奥三个多星期了,还没有提过那个促成我们相识的神秘名字。

现在,我决心试着和他作一较量了。我决定一个星期不与她会面。

这一星期中,我不仅不去看她,并且尽可能避免和她相遇。

像往常一样,我把自己大部分时间消磨在图书馆里。

头三天,我实在不容易克制自己。我几乎想取消决定。但我终于强忍住了。这种忍耐确实使我痛苦。我开始意识到:男女感情也和吸鸦片一样,相互情意浓厚了,一旦隔绝,正如多年瘾君子戒烟一样,其痛楚是不能形容的。

从第四天起,我才使自己慢慢镇定下来。

第六天下午,从图书馆回来,门房给我一封信,拆开一看,正是奥蕾利亚留给我的。

　　　林先生:好几天没有看见您了。我担心您发生了什么事。今天特别来看您。来了两次,都没有遇见您,我很失望。

　　明天又是星期日了。上午我母亲不在家,希望您能来,我为您煮了很浓很浓的咖啡。您是爱喝浓咖啡的,是不是?

　　可一定来呀——奥

看完信,我快乐得几乎流泪。

在我的经验与想象中,当男女友情渐渐浓厚,而对方的态度又变幻莫测时,短短的别离,是测验对方感情红线的最好寒暑表。这一段隔离中,对方如对你真有割舍不得的情意,他(或她)一定会抑制不住来找你,或给你信,希望早点再见你。如果对你并没有情意呢,即使分离得再久一点,他(或她)仍无动于

138

衷,听其自然。

这封短信,解答了一切。

我把信吻了五十遍。

第二天,一个稀有的晴朗天,闪耀着阳光。上午八点多,我出现在奥蕾利亚门口。

门开了,她一见是我,脸上又嗔又喜。从她的媚眼里,我读出下面的话:"您这许多天不来看我,我真是生您的气。可您现在来了,我一切原谅您。"

她的母亲果然不在家。

她不让我坐在客室里。

"您还没有看过我住的地方,上楼看看吧。"

她住在二楼,坐北朝南。

寝室约三丈长,一丈五尺宽,对于一个单身少女,稍嫌宽大点。墙壁下半涂蓝粉,上半刷白粉,天花板糊蓝色花纸,油红色地板拭得雪亮。这片白色、蓝色、红色衬配得颇和谐,柔和的光与影相互交错。

壁上挂波兰大音乐家萧邦[①]画像,以及陀思妥耶夫斯基与海涅的放大相片。此外,还有拉斐尔的"马童奈"的珂罗版复制图,波兰大原野的风景画片,以及天才舞女邓肯在雅典神庙前舞蹈的放大像片[②]。一座普希金的圆圆石膏浮雕头像悬在墙角。溜圆台子上,却安置了一尊希腊女神的石膏像。法国式的落地

[①]现多译为"肖邦"。
[②]相片。

窗子,深罩蓝色帷幕。它现在是揭开了,让金色日光投影于一张白色大铁床的白色毛毡上,阳光正绣织罗可可式的花纹。

看房内设备,大部分显然是十月革命以前留下来的。

壁炉早已燃烧着,火光熊熊的熠耀。太阳从窗外射进来,明亮而柔和,使人忘记这是冬季。

她替我脱了大氅,请我在圆台子旁边坐下来。

蓝色台布上面刺绣了一些白色小花,大约是主人的作品。五彩的花繸子长长搭拉到近地面,使人看不出圆台子是一只腿,而台面与腿成丁字形。

在一盏酒精小炉上,白色咖啡铁壶"滋滋"响着,似乎在唱"晨歌"。

女主人预备了两盏晶亮的大玻璃杯,从小炉子上取下咖啡壶,倒了两杯,一杯是满满的,一杯只倾了一半。她把前者轻轻放在我面前,旋即取出一只糖碟,一柄白铜羹匙,一碟糖果,一碟糕点。我发现,这些糖果与糕点还是我送给她们的。

她轻轻坐在我旁边,安静得像一个小动物。

她笑着问我:

"有一种高加索的水果咖啡,您喝过吗?"

"我只听说过咖啡店里也有,我倒没有尝过。"

"您今天尝尝看。不过,我做得不好。"

她抿着嘴笑。

我喝了一口,味道果然好,不仅酽,也特别芳香可口。

"这就是水果咖啡?"

她点点头。

"太好了。这好像并不是一种饮料,而是一种美妙空气,沁透心脾。这种咖啡怎么做?"

她说,做法简单,只要把苹果和梨一类水果烤焦,烤得又糊又脆,再磨碎了,放在咖啡里熬,就行。

"啊,苹果与梨!"我想。"天知道,这一类水果在当地是怎样贵!"

"奥蕾利亚小姐,我觉得真有点对不住您。"

她惊奇的望着我。

"为了请我喝水果咖啡,叫您破费了不少金钱、时间,我感到很不安!"

她忍俊不禁的笑起来。

"您这个人真古怪。有时候,骄傲得可怕,有时候,又客气得可怕。难道只准您招待我,就不许我招待您?"

"我在您面前骄傲的时期就要告一结束了。"我低低说。

"为什么?"

我把头偏向她那边,用温柔而轻微的声音,几乎是对她耳语:

"因为我太担心您的反应了。"

我站起来,走到大窗子面前。

我让自己整个沐浴在阳光中。

我并不回头,却用懵梦一样的声音道:

"看哪!这是难得的开太阳的日子。今天的太阳多美,多热情!它好像伸展出千万条金黄色臂膀,来拥抱这个世界,拥抱这个小房子,拥抱您和我。

"我现在望着天空。天是蓝的,和奥蕾利亚小姐的眸子一样蓝。我在天上云层看见奥蕾利亚小姐的眼睛,无数的眼睛。它们蕴涵有许多许多意义。它们代表一整个世界。我觉得自己就生活在这双眼睛里。……

"看哪,白鸽子飞出来了,在蓝空下飞着,这一只只白鸽子就是奥蕾利亚的心。她有很多很多的心,鸽子样的乳白而纯洁,在蓝穹下面翩千①飞翔着。……啊,奥蕾利亚的心啊,你往哪里飞呢,你是不是要飞到——

"听哪……"

我还未说完,一个人已悄悄走到我身边,用胳膊轻轻撞了撞我。

我知道是谁,并不回头。

"您在说些什么疯话?"

她用最轻最轻的声音说,细微得像落叶叹息。

我也用轻得只许她一个人听见的声音道:

"是的,今天林先生是疯了。连太阳光也疯了。只因为奥蕾利亚小姐又大又蓝的眼睛轻轻一瞪,一切全疯了!……"

"您是在说梦话。"

"是的,我是在说梦话。我现在就在做梦,而且还有梦的动

---

①跹。

作——"

我转过身子,温柔的拥抱了她。我们的嘴唇像火花一样的接触了。渐渐的,我越来越像风暴,她是一片小树丛,她浑身在我臂膀里颤抖着。她似乎早就等待我的太阳式的反应了。

我们狂吻着,……

忽然,她倒在我怀里啜泣了。

我捧起她的脸,定睛望着她的鹅蛋脸满溅泪珠,不开口,她转过脸,又突然笑了。她用柔滑如凝脂的面颊擦我的面颊。

沉默。

阳光。

冬日上午谧静。

白鸽子悠悠在天空。

鸽铃声响。

……

二十分钟后,圆台子搬到窗口。我们并坐在五彩阳光中喝咖啡。

我一面喝,一面微笑着望她。

她一边喝,也一边微笑着望我。

"你为什么望着我笑?"

这是我第一次称她"你"。(俄国人谈话,只有对亲热的人才称"你",普通朋友多称"您"。)

"你为什么望着我笑?"

"我望着你笑,是笑你的笑。"

"我望着你笑,也是笑你的笑。"

不约而同我们哈哈大笑起来。

窗外窗内静。笑声像鹅卵石,投向澄清水面,浏亮、清晰。

情不自禁的,我拿起她的右手,紧紧握着,沉思。

她温柔的问:

"你在想什么?"

"我在想一件事。"

"什么事?"

"我在想:但丁的三十三天'最高的玫瑰'之门现在是不是悄悄敞开了?"

"当然。"

她溜了我一个媚眼,拿起我的左手,轻轻在她左颊上摩擦着。

【十三】

回到家里,我在房内徘徊很久。和奥在一起,太美了。她不在,我又像跌落到又冷又荒凉的旷野,被痛苦咬啮。这种心情是反常的。

很快的,我就发现:这不仅反常,一半却是由于一只秘密的昆虫在咬我,它的名字叫"嫉妒"。没有一个真正恋爱过的人,不被它咬过。

两星期后,当我又一次沉浸在她的芳香中时,我忍不住叹了一口气。

她,似嗔非嗔的道:

"多奇怪,在最快乐的时候,你为什么偏爱叹息?"

"我把理由说出来,你不生气吗?"

"你的几乎是失礼的举动,我都从没有生过气。难道你的几句话,便会生气吗?"她笑着瞪我。

我轻轻抚摸她的长长髦发:

"有一件事我觉得很对不起你。"

"什么事?"

"你还记得,一个半月前那个深夜,我们是怎样认识的?当初我故意代替他,原不过想对你开一个玩笑。现在,竟弄假成真了,我可能对不起一个人。"

天知道到现在止,我还弄不清楚:那一夜,他们原定在街头约会,是瓦希利失约呢?还是偶然邂逅,她认错人呢?还是他们从电影院或歌剧院出来走散了呢?不过,我从未问她,也不想问她,她也从不想提此事。

"啊!你可真会说话。"她的右手举起纤纤的第二指,调皮的指指我。"你嫉妒!"

我不响。

"他已经不在此地了。"

"什么?"我诧异的问。

"三天前,他到喀山去了。"

"嗯?"

"他恨托木斯克、恨我。因为我叫他失面子。"

我满面疑窦,瞧着她,仿佛不知道是怎么一回事;当真,我什么也不知道。

她微笑着,眼色却带点迷惘。

"本来,假如你不提,我什么也不想告诉你。我不想叫我们春天花园,刮过任一阵冬风。你不常说,我们在合作做梦?那么,凡是梦以外的一切阴暗现实,就让它们像逆流似的,悄悄流过去,不更好?可现在,你既然要端详逆流景色,听它的峻急水声,我少不得向你和盘托出。"

她那双一向明媚的眸子,初次飘起阴云。我也第一次窥见她性格另一面——那个她从不想对我开放的一面。

……

你不说过,有时,我像一个古代希腊哲学家么?此刻,我打算向你扮演的正是这个角色。而且,当时扮演得似乎颇动人。

一个女人的最大厄运之一(可能也是幸运),就是结婚。要结婚,就得或多或少恋爱,正像要捕鱼,就得或多或少和水打交道,而水却是变化莫测。按我个人出身和境遇说,这种事,还是社会风俗习惯的一个必然节目。除非我准备进修道院,就非上演这出节目不可。

我和瓦希利相识、要好,就为了合作演出这个节目。

你知道,我是弄文学的。我脑子里,免不了有许多幻想。除了应付上面那个节目外,其实我内心确有那么一种冲动、欲望、情感,渴望有一天,真有那么一个带点神秘的强烈生命,突然出现在我面前。他应该不全属于这个世界。我爱雪莱和他的诗,我想象中的那条生命,就该有点像这位诗人笔下的西风、云雀、云彩、阿多尼斯、普洛米修斯……,等等的混合体。然而,到哪儿找这种生命呢?为了不进修道院,(当然,这里现在不存在这种空间了。)我只得找它的代用品。瓦希利就是这种代用品。不只是瓦希利——其实这里不少男人,当时都沾点普洛米修斯的色彩,这是时代风气使然。自然,不仅蘸了点普的雄壮色泽,还染了点他的浪漫调子,这也是时代鼓励的。

　　我们偶然认识了,促成我们接近的,却是另外一个因素:他从小在波兰住过,(那时他是我们的征服者),能说一口流利波兰话。对我说来,这是一个不小的诱惑。然而,来往后,我一直矛盾着。我发现,不管形式上他怎样竭力遮掩;那种大斯拉夫主义的傲慢,仍隐藏在他的血液里。1925年以前,有几年,在这个国家,这种傲慢,确实普遍相当冲淡了,即使不全消失。那个时候,这个国家,倒是罩了一层雪莱式的理想主义情调,普洛米修斯成为最流行的风格。但近几年,一切大变了,骄傲又抬头了,尽管与这个社会所标榜的主要信仰格格不入。这是一种存在的事实,潜伏的势力,谁也抹煞不了。

　　我矛盾着,可我终得上演前面所说的那个节目。在发现他巨大弱点之前,我没有理由不和他来往。他是这里银行的高级职员,精明能干,才三十多岁,还算有青春活力。作为未来的可能配偶,没有什么好对他吹毛求疵的。

　　我们交往了大半年。真正比较要好,却是认识你三星期前的事。一个女人——啊,可怜的女人,如果没有意外波折,总得按社会一般男女关系正常轨道,慢慢扮演情人角色。可我知道,这是自己骗自己,但又必须骗下去。在这个社会的生活里,没有多少道路容许你自由选择。即使当我最懵懂的时候,我也看得清清楚楚,雪莱式诗意的幻想,终究是幻想,重要的是:我得接受有点恼人的却是正规的现实。我不得不把我灵魂深处另一个"自我"扼杀,为了安安静静承担现实。

但另一种新的现实——真实,却暴露了这个代用品——瓦希利的本质。

我们相识后,当时,不过是普通朋友,按这个社会所标榜的极度慷慨的风气,这种友谊完全是可以容许的,他知道了,却严厉斥责我,禁止我和你见面,简直专制得可怕,几乎像个暴君。这种时刻,如果他真表现出那种普洛米修斯式的大度,倒会增加我对他的敬重。可他居然这样傲慢无礼,反而激起我的反抗。我不是一个习惯屈服于恫吓的女子。我们争吵了几次。不用说,他既没有权利约束我,我也没有义务接受他的专横。这样,一天天的,事情就越来越僵了。在极不愉快的几次接触后,我终于作出决定:他不是一个值得我全心全意交出一切热情的人!

我写信请你来喝咖啡后的第三天,我预感一场风暴将降临——也许,它正是我所渴望的。

那个阴沉的下午(他知道,这天下午三点以后,我没有课),他出现在我房里。只要看看他的神色,我就直觉会发生些什么。说也怪,我和他同属白色人种,他白晳①的脸肤,我本看惯了,今天,我却感到特别不顺眼。一个多月来,那位东方朋友的淡棕带褐的形象色调,仿佛是生命的原始活力,已渗透我的本

---

① 白晳。

能血液,再一亲炙这一片白色,好像是面对一副僵尸面孔,毫无活力、鲜意,而且,肤浅极了。他那副高高鼻子,原觉得有点英挺,此刻也感到太高了,怪难看的,叫人不受用。一句话,相识半年来,我从未比此刻更厌烦他的形姿。特别是,他满面阴霾,活像一个墓窟,张开大口,要吞噬人似的。

不管我怎样烦躁,不自在,但我那种沉没在玫瑰谷底的幸福情调,仍有意无意透出来。一个男子,即使再迟钝些,也不难敏感到我精神上的这种巨大变化,而这更触怒了他。

他才坐下,把水獭皮圆形帽扔到台子上,我马上沉下脸,站着对他极冷静的道:"我希望,这是我们最后一次见面了。"

"事情真是发展得这样快,无可挽回了么?"他惊讶中带着气愤。

"不是事情发展快,是你腕表上的指针走得太慢了。由于它的质地限制,它不能理解另一种时间的速度。"我的视线笔直望着他。"一句话,你从没有真正了解过我。"

"可我们到底相爱过。哪怕是短短一度。"他气愤的说。

"那并不是真正爱情,那是真正的礼貌。我是按照这个社会的风俗习惯的礼貌,响应你的感情的。我如果不响应,那就是严重失礼了。可是,在礼貌晚礼服下,我还有另外一个人,这个人,受你们这个民族的社会传统所束缚(即使在今天,你们实际上仍保持这种高傲的传统),从未获得真正解放。我只得自己骗自己,认为是爱上你。现在,一个新的普洛米修斯出现了,他的火光照亮了这件礼服,也照明了礼服后面另一个真实的有血有肉的我,能按自己的原始自然面目思想行动的我。正因为这样,所以,我说,这是最后一次见面了。"

"奥蕾利亚,你现在的语调,怎么像个哲学家?时间并不太长,你怎么改变得这么厉害?"他的语气充满讽刺。

"我一点也没有变。我还是从前那个我。从前,认识你不久,我内心就发生一种矛盾。但我从没有告诉你真相。我只是骗自己,既然要在这个社会生存下去,我就必得照着它的风俗、习惯、传统行事,除非我将来准备进修道院,而这是不可能的。当时,你只看见我的笑脸,从未见到过我心灵深处那副有时忧郁的脸——这是你们这个民族强加给我们民族的后果。你虽然爱我,可仍带着一种自以为优越的压力,不过,你不太明显的表现罢了。但压力总是压力。"

"我从未真正对你施加过压力。"

"瞧你现在说话神气,你的脸色,这不是压力么?我是自由的。我们并没有订过婚,即使订过,有必要,我也可以解除婚约。从前,我是笼子里的小鸟,现在不是了。"

听到这些话,他气愤极了,脸色苍白,不久又泛出点红色,两只阴森的椭圆小眼睛,野狼似的狞视我。他从椅子上站起来,不断急促的来回走着。突然,停下步子,他气势汹汹的大声说:

"不管你怎样能说会道,像个女苏格拉底似的,我依然要说:你是一个水性杨花的女人,一个波兰卡门!我们要好了还不到三星期,你变心了,找那个有钱的中国军官了。自从认识你,大半年来,你一直三心二意,折磨我,找出各种借口,对我时而热、时而冷。好不容易,三星期前,好好歹歹,总算接受了我的情感,想不到,很快又变了。你不像一个正派中学教师,你是一个无聊的女人!你是一个荡妇!那个中国军阀,他是资产阶级出身,也是个无聊的家伙!我轻视你们!——"

我实在听不下去了。我怒冲冲的指着房门:

"请你出去!立刻出去!"

"我不出去。"

"这是我的寝室,你必须出去!"

"我偏不出去。"

我走到窗子口,下面是街道。我气咻咻的道:

"你再不走出去,我对街上喊人了!"

他的脸色更苍白了,一点血色也没有,像刚从棺材里爬出来的活尸。他那双小眼珠,死死瞪着我,一声不响,像要一口吞下我。突然,他豹子样冲向我,"劈啪"一声,打了我一记耳光。接着,从桌子上拿起皮帽子,急速冲下楼了。

后来,母亲告诉我:他当时脸色,可怖极了,像要杀人似的。她早已做好准备,万一出事,她就冲上街求救。谢谢上帝,我付的代价太小了:一记耳光。这样结束了我和他的一切关系,太叫人高兴了。我最怕的,是他纠缠不清哪!

有人说,被打耳光是倒霉的。这却是一次幸福耳光。他这样对待我,这是我的福气。当然啰,有人会把它当作一种人身侮辱,我却把他当作一个疯子。对一个疯子,我们有什么可生气的?

本来,因为他能干,党早就想把他调到喀山去工作,为了我,他一直没接受。三天前,他却改变主意了。他的故乡原是喀山。

至于母亲,因为他能操波兰语,本对他有点好感。但他对她并不很有礼貌,总带了点过去波兰的征服者的神气,自以为占优越地位。母亲因为我正在和他交朋友,为了我,只得带点委屈,接待他。这天下午,他所表演的最后一幕,使她巴不得他和我一刀两断。先前,我本幻想着,随着时间——我和他的友谊,他对我妈会体贴点的。现在,我才恍然大悟,这是痴人说梦。

好,不说这些阴沉的丧气事了,还是走出黑暗的峡谷,回到我们的玫瑰谷吧!

……

"你刚才叹息,说你对不住我。其实,应该是我对不住你;在我认识你以前,不该认识那样一个男子,而且和他又有了点感情。不过,世界上的事,原不能由人作主。我和他认识,也是一种偶然、一种命运。我要不和他认识,后来怎能又认识你?"

听到这里,我瞪大眼睛,有点惊奇的凝视她,似乎开始不大认识她了。可不久,我又认识她了。我觉得,这一切,是合乎自然规律的。一个女人,当她被爱情燔烧得无比炽烈时,她会情急智生,演出各式各样意想不到的角色的。更何况她灵魂深处,本有另一个"自我",只是平日不轻易流露而已。

这时,她说着说着,忽然紧紧贴在我怀里,梦呓似的喃喃道:

"感情是一种古怪的东西,你要它来,它偏不来。你不要它来,它又偏偏来。

"当我认识你的那天晚上,你送我回来,分手时,你请求第二天到学校来看我,这个请求,我本不该答应的。但我终于答应了。当时,你对我似乎有一种说不出的魔力,使我不能不答应。

"这以后,我越是尽可能使自己平静,尽可能想把你当作普通朋友,但另外一种力量却大声警告我:'你别胡涂!这个人或者不是你的朋友,或者是你的超乎朋友的朋友。'

"我听见秘密警告,故装胡涂。我骗自己,设法把你当作一个仅仅因为是中国人而引起我的好奇心的朋友。

"随后,那件事发生了:瓦希利的专横逼我不能不作一次慎重考虑。我才发现——也是第一次发现——我的心是怎样可怕的倾向你,离你是多么近,离瓦希利又是多么远! 这仅仅是两个星期的事。由于你,我整个人生态度都改变了。

"那天深夜,大街上的奇遇,使我感到你的新鲜的活力,一种我一贯梦想的又神秘又强烈的原始生命活力。在咖啡馆里,送我回家时,从你身上,我觉出雪莱笔下的那种西风味、云雀味。第二天,我的失约,使我发觉我们之间的短暂友谊,竟像那位诗人所描绘的云彩一样坦白、轻快、自由。看《茶花女》以后的那场谈话,你的测锤表现出对生命海湾勘探的深度。最后,那个命定的日子来了,你袒露心头的秘密,在一个波兰女子面前,你展现出一种普洛米修斯式的热情,我不能再抵抗你了。只要你愿意,那一天,你就可以真正得到我的。

"我一直以为不可能的奇迹,居然出现了。那个带点神秘的强烈的原始生命,竟突然屹立于我面前。他一半属于这个世界,一半不属于。那个有点像雪莱所描绘的'爱俪儿',不是从天空,是从黑夜深处,来到我身边。我开始享受了一种又灵幻又真实的友谊。他是调皮的、饶舌的,却是诚恳的、诗意的,使我在这片沉重的斯拉夫土壤上,尝到一份轻松、自由,还搅拌着适度刺激性的辣味。我这是真正沉没于生活的诗境、梦境。一个像我这样平凡生活了廿几年的女人,不可能拒绝这种奇玄境界。它的节奏是如此明快、美丽。更重要是,有一种来无踪去无迹的生命真流,流过我们的友谊,它强化了后者对我的诱惑。我不能不蜜蜂吮花蕊似的,恣意沉酣于一片微妙芬芳。

"接着,六天没有看见你。

"我第一次深刻体味到你在我身上的影响。这种影响,不是一个普通女子所能忍受的。

"毒品里,吗啡是很毒的一种。一个打惯吗啡的人,会减少他(或她)大部分寿命。我似乎也正是吸这种毒品的女子,而你就是我的毒品。吸惯了它,忽然叫我停服六天,这对我是一种怎样的后果?(请原谅我坦率。)

(她说到这里,我热情的在她颊上吻了一下。)

"这六天,我虽然在表面保持冷静,像往常一样的工作、授课、看书、改卷子,但内心却像暴风雨下面的海水。我听得出惊涛的声音。

"第四天第五天,我忍不住了。想来看你,又很害羞。于是,夜晚时分,我偷偷走到收容所外面,远远望着你所住的楼房,希望窗口能出现你的身形。哪怕是你的一根头发,一条臂膀,或一只手。

155

"我始终没有看见你。

"第六天,我不顾一切,也不管别人会说闲话,我毅然决然来看你。

"你不在。

"我准备第二次看你,又怕你临时不在,便先在家里写好一封信。

"你果然不在。

"我只好把信留给你。

"信上我只寥寥说了几句话。可是,从这寥寥数语中,你能呼吸到我的真实气味么?

"真感情是不能表现的,我们所能表现的,只不过是原来感情的万分之一或千分之一罢了。

"太阳是世界上最热的物体,它里面,除了火,再没有其他生命存在。天文学家说:只要把太阳原来的热力取一方时到地球上,后者便会化成灰烬。但是,在地球上,太阳所反射的热力又是怎样可怜。即使是非洲热带的盛夏,太阳光也不能把一根小草燃烧成灰烬。

"你要问我对你的原始感情么?若容许我用浪漫诗人的极夸张的词句,它也许比太阳的原始热力还热。我所表现出来的,只不过是原来的光热的可怜影子,好像地球上所反射的太阳一样。这点影子,也只当你坐在我身边,看我的眼睛、听我的声音、摸我的手、呼吸我的呼吸——才能勉强辨识、捕捉。如果要藉文字、图画、音乐等等来表现,也许连捕风捉影都不可能啊! ……

"啊,林——"

说到这里,她其余的话已被我用嘴唇咬死了。

我疯狂的拥抱住她,几乎叫她喘不过气。

很久以后,她静静望着我,低低道:

"我要你答应我一件事。"

"什么事?"

"以后不许你再在我耳边提起'瓦希利'。"

我不开口,只深深的、深深的,望着她,像一个研究太阳的天文学家,从巨大望远镜内,不断凝视那颗恒星。

【十四】

那是一个下午,我事先没有通知她,就去拜访了。

我听见一片音乐。

一阵流丽而缠绵的吉他声震荡在楼上。

我停下步子,笑着轻轻告诉老妇人,请她暂别声张。

她笑着答应了。

我悄悄走上楼梯顶层,停下来,斜倚着楼梯栏杆,身子微微后倾,两只手插在大衣口袋里——我闭上眼睛。

一阵悸颤的弦声不断泽泻出来,如一条条闪电,亮耀于我的听觉暗夜。它琤琤琮琮的鸣响,有时如狂风吹卷浪花,冲激万点银珠,又倏然如流星雨般消失;有时如幽咽泉流,穿越一重一重错综山石,和平的纡徐的流下去,缓慢、安静。……

这夏威夷岛的简单乐器,倾泼出原始热烈的情感。弦乐声是单调的、朴素的,然而,它旋滚着一种深沉的情愫——奏乐者的情愫,我呼吸到奏乐者灵性的抖颤、回旋、舒展。

当音调转折而延长时,乐声描画一种弧形的浪纹,有点像海洋作深呼吸时的起伏线条。这浪纹一波一波的低下去、低下去,又突然升起来、升起来。这时,听者像乘一只木筏子,被轻轻载过摇篮似的水面,摇过来,摇过去,人的情绪则像孩子手掌里的一只橡皮球,一会儿压成一团,一会儿又放松,挺然膨胀。

听着听着,我忘记自己。我觉得似乎是在一座热带海岛上,一些褐黑皮肤的土著少女环绕我,跳着夏威夷土风舞,由吉他伴奏。

不知何时起,乐声忽然停止。楼梯口出现奥蕾利亚,她轻轻抚摸着我的肩膀,笑着道:

"好孩子,你干吗傻站在这儿?"

"我在听你的音乐。"

一上楼,我就半带气恼半开玩笑的问她:

"你会弹吉他,为什么不早告诉我?"

她轻轻打我一下:

"看,你这个人!难道凡是我所能做的,都该告诉你?"

"别的事可以不告诉我,弹吉他,却不该隐瞒我。"

"为什么?"

"你不知道:我是怎样爱音乐吗?"

"可我的吉他弹得太要不得了。"

159

"何以见得?"

"你看,你刚才一听见我弹吉他,就吓得不敢上楼了。"

我笑着道:

"不是我吓得不敢上楼,是被你的音乐迷住了,迷得不认识楼梯了。"

我们都笑了起来。

她说她弹了六七年了,是妈妈教她的。母亲不仅善歌,懂钢琴,还弹得一手好吉他。她自从学会后,它一直是她寂寞时的好伴侣。

她有三只吉他。最大的一只,是从一个可纪念的地方得来的,有名贵的历史,它的杏红色的明亮躯干几乎高及她的胸部。是她父亲买了送她的。那时她还小。他说:等她大了,好学着弹。

说着说着,她眼圈子有点红了。

为了驱除她心头的哀愁,我请她弹一曲。

她摇摇头。

我再请求。

她仍坚决不肯。

"当我最寂寞的时候,我才弹吉他。当我的灵魂最怕冷的时候,我才弹吉他。你来了,我还有什么寂寞呢?我还怕什么冷呢?你就是我的热带,你就是我的夏威夷海风。"

她揽住我的脖子,面对面,温存我道:

"你来了,我为什么还亲近这片干枯木头呢(指吉他)? 你的话语比吉他弦声美得多了。你的嘴唇就是两条琴弦。"

当真她又弹起吉他了。用红唇代手指,以我的唇为弦。我似乎又呼吸到热带的海风,和高高椰子树的气味。

我和奥蕾利亚在一起时,尽量加强我们的梦幻色素。我变成一个最爱做梦的孩子。我不断说梦话,想梦想,叫她尽可能沉浸在梦幻大海中。

这些日子里,我们极欢喜读德国海涅的诗。

我常常为她轻轻朗诵。我的德文虽然浅薄,但海涅的情诗大多显豁,不怎样难懂,不明白处,她就给我解释。

我们特别爱读这位德国大诗人的恋诗。它们含有极浓厚的幻梦意味。

下面三首是我们常常诵读的。

　　……
　　在可爱的五月季节,
　　当所有的嫩芽都开放时,
　　爱情跳进了
　　我的心脏。
　　在可爱的五月季节,
　　当所有的鸟儿都歌唱时,
　　我向她表白了:
　　我的想念和我的愿望。
　　……
　　一千朵花开放了,

在我的泪水的雨滴中；
在我的叹息里，
夜莺在哀啼。
如果你爱我，爱的，
我会带这些花给你。
在你的窗子下面。
夜莺将要歌唱。
……
爱人哪，当我望着你的眼睛时，
我深沉的悲哀立刻飞走了，
当我吻着你的嘴唇时，
我忘记了过去的一切痛苦。
当我靠在你的胸脯子上时，
再没有什么天堂的梦比这个更幸福了；
可是，当你说你爱我时，
我却开始酸楚的哭泣了。
……

　　海涅那首最脍炙人口的诗，《罗丽莱》，我们倒不常念。我们所爱的，只是一些小诗。仿佛到田野间旅行，我们只采撷一些不知名的野花。

　　雪莱、拜伦、歌德、莎士比亚的抒情恋诗，我们不是不喜欢，而是觉得太繁杂，有时似乎有点做作。

按我们的观念,恋诗愈单纯愈平凡愈好。凡是求新奇繁杂的,必失真纯。基于这个理由,我们同样很爱彭斯的诗,它们完全流自一个农家子弟的醇纯心田,一点不矫揉、不做作。

有一次,我问她:

"你看过海涅的《哈尔茨山旅行记》么?"

她摇摇头。

"这本书里,有一段著名的故事。"

"啊!快告诉我。"

"什么条件呢?"我笑着问。

她故装生气道:

"条件!条件!你总是条件!"

她甜甜的热热的吻了吻我的眼睛,笑着道:

"眼睛是透视宇宙星球诗素的天文望远镜,现在把它吻得亮亮的,这你该满意了吧!"

我于是告诉她下面故事。

有一次,海涅到山上旅行。在一座亭子里,遇见一个可爱的美丽女郎。

海涅望了望她。

她也看看海涅。

两个人都不相识。

诗人踌躇一会,终于向女郎点点头,很温柔的对她道:

"亲爱的女郎!您不认识我。我也不认识您。我们原没有谈话可能,也没有谈话必要。不过,四周围的风景是这样美丽,而您又是分外瑰丽，比四周的风景更美。在第一眼，我便给您的美感动了，像基督徒被上帝灵光所感动一样。这使我不能不向您说几句话。假如我说出失礼的话呢，希望您不要生气，否则，您就和四周的风景不调和了。

"可爱的姑娘，我对您有一个又冒昧又自然的请求。姑娘，您一定知道：我们这次相遇，多偶然、难得。我从几百里外来，您也从几百里外来，在一个很偶然的时间，我们居然很偶然的遇见了，像两条闪电在黑夜天空相遇一样偶然、美丽。也许，五分钟或十分钟后，我们就分手了，从此不再相见。您老年时，偶然回忆，或许偶然记起：'某年某月某日某时某山顶上，我曾和一个时髦的年轻绅士相会！唉，距现在却隔四十年了。……'那个时候，您一定会对我抱着一种说不出的好感。即使是一个魔鬼，在记忆中也是可爱的，是不是？

"既然这一分别，过几十年或许都没有机会再见，那么，在我们一生中，这一次闪电似的邂逅，多富有神秘诗意啊！为了给这首诗加一点斑斓色彩，更为了预支四十年后您对我的说不出的好感，请您容许我在您的红红嘴唇上轻轻吻一下，您一定不会拒绝吧！您如果拒绝，就完全破坏这样优美的风景了。我们这一吻像鸟飞花落，也是大自然的风景一部分啊！……"

说完了，海涅就和那女郎热烈的吻了一次。她整个心都沉浸在海涅的话语里了。

我讲完故事，奥蕾利亚笑了：

"这个故事我看过的，你讲得不太合事实。这一套话，并不是海涅讲的,是你自己编的。"

我笑着道:

"海涅讲的也好,我编的也好,反正只要有这段故事就行了。"

她带着沉思意味道:

"你这一套说词编得不算最好,未免有点啰嗦了。我如果是海涅,只说下面四句话就够了:'姑娘,你太美了,我们今后也永远再没有机会相遇了,让我留一个吻在你嘴唇上供你晚年回忆吧!'"

我笑了起来:

"妙啊,到底你是女人,只有女人最懂得女人的心思啊!"

【十五】

有一晚,我在奥蕾利亚家里谈到八点钟,正想回去,忽然响起敲门声。

"这样的晚上,会有谁来呢?"我心里诧异着。

奥蕾利亚去开门。

一个年轻女郎和她一同跨入客堂。

女郎对老妇人招呼。她望望我,虽不相识,却点点头。我向她还了礼。

"这是叶林娜小姐,学校里的同事,也是我的好朋友。"

奥蕾利亚给我们介绍。

"我早听见奥蕾利亚提起林先生了,今天能够遇见您,我觉得很荣幸。"

叶林娜娇媚的笑着说。

我仔细端详这个陌生女子。她是一个典型的俄国少女,有着健壮的身子,高高的身材。从某种审美观点说,她比奥蕾利亚艳丽。她的深眼睛炯炯逼人,大嘴唇像罂粟花鲜红,丰腴的脸上涂饰了浓厚脂粉。她的唯一缺点也就是唯一优点,艳得有点妖,美得相当俗。和奥一比,就显得缺少灵韵、秀气。这好像两幅画,一幅虽充满富丽堂皇的色彩与线条,但涵意浅薄、空虚;另一幅色彩线条虽没有前者华艳,却洋溢着活泼泼的生命,超然的神韵。

从谈话里,我看出来这两个少女交情不浅。我太爱奥,凡她觉得可亲的,我自然也觉得可亲。因此,我当然得对她显示礼貌。

叶林娜关于时髦事情,显然知道得颇多。凡是在托木斯克上演过的歌剧、电影与戏剧,她大都记得烂熟,如数家珍,滔滔向我们谈个不停。某些方面,她还保存旧俄贵族的习惯,对于目前所处的这个时代与环境,她似乎并不能透彻了解。

前几年由于一个幸运的机会,她曾随父亲到德国旅行过,在柏林看了不少美国片子。谈到好莱坞的一些电影明星,她说她特别崇拜雷门诺伐罗和克莱拉·宝,前者是著名小生,后者则有"热女郎"之称。

"啊,雷门诺伐罗的戏,真是演得不错,太好了!"

她大约指名片《宾汉》。

"怎么个好法呢?"我半开玩笑的问。

"啊,太好了!这种好是说不出的。您只有看了他的片子,才能感到这种好。"

我笑着问:

"真是这样好,好得说不出么?"

"嗯!真是这样。您大约没有看过他的片子吧?"

我说:

"一生中,我所看的美国电影极少,大约不会超过十部。"

我没有告诉她:在我过去那种生活中,根本就没有时间看电影。

她眼睛睁得大大的,好像听见公鸡生蛋一类消息。

"啊,太可惜了。您过去有的是机会,尽可多看些美国电影,早几年我和爸爸在柏林,白天他出差,晚上天天去看好莱坞片子。这种片子,这儿根本看不到。"她神情中,又是羡慕又是懊丧。

这一天谈话,便在好莱坞电影这个话题中结束了。

叶林娜不仅崇拜好莱坞电影,也崇拜好莱坞生活方式。其实,她看到这种电影,只是由于偶然的机遇,她对美国生活真相知道得也有限。尽管这样,她虽住居西伯利亚铁路支线的一个小城,一颗心却一直在巴黎、纽约盘旋着。她由偶然从国外寄入的一些报纸上、杂志上,以及本地大百货店的玻璃橱窗中,搜集得一些时髦资料知识,在我们面前卖弄。她生性活泼,总欢喜蹦蹦跳跳的,像壁炉里的火苗一样,满身放射着锋芒。——凡此种种,在以后的接触中,我全看出来了。

对付这种女子，我的唯一秘诀，就是"敬鬼神而远之"。如果不能"远"呢，只得说说笑话。

我很体谅奥蕾利亚和这个女子的友谊。在她这样的年龄，这样的环境，谊属同事，她不能不交往。

爱花的人，自然也爱叶子，主因是，叶常与花接触，风一起，叶子和花就拥抱在一起；在叶子的身上，也有花的影子。

有时，我也愿意与叶林娜接近，就是出于这种"花叶哲学"。

这时，我几乎每天总要去看奥蕾利亚。看她，差不多已成为我每天的老功课。我多半是下午七点以后拜访，这时候，她已从学校归来，吃过晚饭了。

我去的时候，她们多半正在饭后喝茶。这样，我便可以加入。

有一天，在照例的时间，我照例去看奥。

她不在。

她母亲在楼上找东西。

只有叶林娜独坐客室烤火，正翻一本电影杂志。

她告诉我：乡下来了一个朋友，奥蕾利亚陪她到"巴尼亚"（浴堂）去了，过一会就回来的。

我听说奥不在，立刻从桌上拿起帽子。

"哼，奥蕾利亚不在，您连一秒钟也坐不住的！"叶林娜含讥带讪的说。

我微微红着脸，对她解释：另外一个地方，还有约会等我。

"哼，还有一个约会！那您又干吗到这儿来呢？"她冷冷说。

我不得已，只好放下帽子，笑着招架道：

"啊，您的嘴巴真厉害！我不走，成不成？"

她略略鄙夷的撇撇嘴，耸耸肩，冷冷道：

"咦，您这个人好奇怪！您走不走，是您的自由，与我有什么相干？"她赌气把脸转过去，看壁上那张显克微支画像，不理我。

情形这样僵，僵得出于意外。我只好屈就她了。我故意开玩笑道：

"喔，喔，叶林娜生气了。叶林娜生气了。明天《托木斯克日报》社会栏有头条消息了。消息一定会这样写：昨晚七时二十三分零五秒，T中学优秀教员叶林娜女士，因故突然发怒五分钟，消息传出，全城人心惶惶。盖女士每次发怒，均预报必有奇灾异祸。犹忆女士某次发怒后，W村曾发生瘟疫，死牛数百头。又某次发怒后，虎列拉突袭本城。——"

"够了，够了，您别再乱扯了。"

她笑了起来，用媚眼狠狠瞪我一下。

我也笑起来：

"中国民间有一段故事，说有一个人一生气，天立刻塌下来了。幸亏您刚才是假生气，否则，托木斯克非闹地震不可，至少也要闹霍乱。"

"乱扯！乱扯！冬天也有闹霍乱的？"她讽刺我。

"冬天自然也有霍乱：那叫作'叶林娜式霍乱'。"我笑着说："这种霍乱不会叫人死，只会叫人伤脑筋！"

"您真是胡说！"

她笑着骂我。

我看她消了气,便和她东扯西拉,漫谈起来。我们从纽约百老汇谈到月亮上的阿尔平斯河。从她衣服上的花边谈到伦敦的雾,从瑙玛·希拉(美国电影女明星)的头发谈到希特拉①的小胡子。

她的谈话像公子小姐们乘汽车兜风,随兴所至,漫无标的,非兜得筋疲力竭,绝不煞车。

我陪着她乱"兜",自然是哑子吃黄连,有苦说不出。但是,为了想见奥,我只得把黄连当白糖,硬往肚子里吞。

这种"兜风",我本只想敷衍她一下,就走的;后来,不知怎的,不经意中,竟和她"兜"了很久。这原因,第一,是因为奥蕾利亚的母亲下楼来了,我不能不陪她聊聊天;第二,怕叶林娜发生误会,以为我是故意敷衍她,因而对我发生反感,到奥蕾利亚面前说我闲话、坏话;第三,(这是最重要的原因),是因为渴想见奥一次。我之所以和叶闲扯,全为了等奥,闲扯得越久,我似乎觉得所蒙受的牺牲也越大,如不能见到奥,我太不合算,仿佛做生意折了本。这样,越谈着等奥,奥越不来,越不来,也越等,便消耗了许久时间。

后来,老妇人实在疲倦不过,便先去睡了。她要我们继续谈下去,说奥就回来的。

她上楼后,我看看表,吃了一惊:已经十点二十五分了。

我决定告辞。

---

① 现多译为"希特勒"。

正要站起来,大门开了,一个人走进客室,正是奥蕾利亚。

"啊,你们都在这里!"

她微微有点惊慌,旋即淡淡一笑。

"你们在谈些什么呀,这样高兴。"

我搭讪着道:"胡扯罢了。"

我旋即站起来,拿起帽子。

"打算回去吗?"奥问。

我点点头,说时间不早,应该让她们休息了。

奥蕾利亚笑着道:

"刚才你们还谈得那么高兴,一看见我来,就要走了,是不是我有点妨碍?"

我不开口,用眼睛斥责的望了她一下。

她装作没有看见,坐下来。

我只好又放下帽子,陪她们坐了半点钟。

这半点钟,叶林娜仿佛故意和我为难,谈话时,向我表示过分的亲昵与关切,甚至称我为"你"而不称"您",弄得我不知所措。奥蕾利亚话说得很少,不时看看窗外夜色。

不久,我站起来告辞。

叶林娜也站起来,说是和我一同走。夜深下,她希望我送她一段。

我答应她。

奥蕾利亚没有说什么,只是笑。

上面的情形,自然是一种误会。

像这种偶然的误会,以后还遇到几次。

叶林娜显然有点存心和我开玩笑,带着孩子脾气。我呢,也没有把这点点小误会放在心里,更未想到解释。本来,这种事,不解释倒没有什么,一解释,倒麻烦了。

一星期后,我约奥蕾利亚礼拜六下午四时来看我,我想对她谈谈这些可笑的误会。

时候到了,我走下楼,打算在门口等奥。才跨出大门,我微微吃了一惊。我发现叶林娜在门外等我。我心头颇有点纳闷:"我并没有约叶林娜呀!她为什么来呢?"

正纳闷着,一眼望去,远远的,一个年轻女子正匆匆向远处跑去,看样子,似乎和谁生了气。

我吃了一大惊:

"那不是奥蕾利亚吗?她为什么跑开呢?"

我再忍耐不住了,当即诘问叶林娜:

"您是和奥蕾利亚一道来的吗?"

她摇摇头。

"我先来的,打算约你去看歌剧。我来了不久,她就来了。上帝知道是怎么一回事,她一看见我,就跑开了!鬼!"

我恍然大悟,当即冷冷道:

"对不起,我不能陪您看歌剧了。我另外有约会。"

说完了,不顾叶林娜脸上的恳求神色,立刻跑过去,追奥蕾利亚。

远远的,她似乎意识到我的追逐的影子,走得更快了。我于是加快脚步,几乎是在奔跑,惹得行人全向我投来好奇的眼光。

追过一条街又一条街,直到市立公园门口,才给我追上了。

我紧紧抓住她的膀子。

"奥,你这是做什么?"

"……"

"奥,你为什么跑开呢?"

"……"

"奥,你为什么不说话?"

"……"

她始终不开口。

我们同坐在一张绿色长椅上。

公园里到处是雪,行人几乎等于零。一切空阔,也很宁静。我们好像不是在城市,而是在深山中。

我紧紧捉住她的手,用最温柔的声音,把她的名字唤了三十遍,我几乎是哀求的向她道:

"亲爱的奥蕾利亚,告诉我:你心里究竟在想什么?"

"啊,最亲爱的奥,难道我有对不住你的地方么?告诉我吧:我愿接受你的一切惩罚!"

"啊,奥,你怜悯我吧!别再这样沉默了。你忍心对你最爱的人这样冷酷么?我过去是怎样对你的?你过去是怎样对我的?生命是短促的,我们怎能把生命消耗在无谓的误会上呢?"

她不开口,倒在我怀里哭了。

她一面啜泣,一面断续说出叶林娜的名字。

这渗透眼泪的声音如一柄金钥匙,终于把斯芬克司的谜之门启开了。我轻拍她的肩膀,用最虔敬的态度,用我所能搜寻到的一切理由,向她解释这个可笑的误会。我的泪水不由自主的流出来。我声泪俱下的告诉她:我实在不能忍受她的误会,她如果不了解我,生命对我又有什么意义?她如果误会我,整个世界对我也只是一片空虚,一种"白纸状态",一个又冷又死的固体!

"在这冰天雪地里,我唯一的朋友只有你!你是生命中唯一的火。你使我身子温暖。你使我眼睛发光。如果没有这点火,我将永远受黑暗和寒冷折磨,它们会把我的灵魂撕成粉碎。每一夜,我所有的梦都充满了你,你的笑、你的泪、你的声籁。每一天,我所有的时间几乎都用来回忆你、想念你。我回忆你的每一句话,我想念你的每一个动作。我不仅跟踪你的生活细节,我还追踪你的思想。你的思想的每一条阴影,每一折起伏,每一片折叠,我全跟踪着、咀嚼着。在这一生,我只遇见一颗真正美丽的心,这就是你的心。我要把它一遍又一遍的咀味,像嚼水果似的。我要把它偷偷的深深的藏在我自己的心里,像犹太人珍藏珠宝。你知道吗,每一个日子,未见到你以前,我是怎样的焦灼? 我在房里来回走着,一次又一次的踱着,好像是在坟墓底层走着;我的生命仿佛溢满了黑暗。直到见了你以后,和你在一起,我才深味到真生命、活生命! 啊,和你在一起,无论是谈天,是走路,是沉默,都美、都好。有了你,什么全有了。你像一个神,给我安排了天国的华筵,天堂的滋味。你不在,一切全魔术般地变了,变得那样阴惨,我只有让眼泪往心底流,悲酸的忍受着。你知道,我现在为什么特别爱惜起生命?这是因为你!因为生命就是你的笑,你的一瞥,你的一招手。有了你,连这片冰雪大地的冷气都显得怪暖和的、怪芳香的。一个新的美丽世界呈现在我面前。啊,我简直成了一只寄生虫,寄生于你的爱情之树上,我是多么可怜的依附着你。你走了,一切温暖、生命、光亮,都走了、都完了。……啊,原谅我吧,原谅我吧,奥蕾利亚,奥蕾利亚!……你要是不原谅我,我将呼唤你一千遍,一万遍!……啊,奥蕾利亚!奥蕾利亚!奥蕾利亚!……"

她用脸颊堵住我下面的话。

不久,她伏在我怀里,流着泪道:

"我深切的知道,猜疑和嫉妒会使一个人变得褊狭、小气。我好几次警告自己:不要犯这样的错误。但我终于犯了:因为我,我,我……"

她说不下去了,又大哭起来。

离开公园时,她向我提出一个天真的要求:

"叶林娜未经你约,就来看你,并且特别故意和我为难,这有背于一个正直人的行径。你若是真没有约她,真和我好,你必须写一封信责问她。信写好了,交给我,由我发出去。"

我说:这样的要求,不要说是一个,就是一百个,我也可以答应。如果她还误解我,只要她愿意,我立刻可以用战刀把我鲜红的心解剖给她看。

听了我的话,她紧紧拥抱住我,说不出一句话。我觉得自己是被一种镕铁的热情所溶化了。

第二天,我派人送了一封信给她,里面附了一封责问叶林娜的信。大意是:我并没有约她,她故意和我为难,来看我,妨碍了我和奥蕾利亚的感情,这不是正直人应有的行径。……

翌日下午,我去看奥。上楼后,她把一封信插在我的大衣口袋里。我取出来一看,正是那封给叶林娜的信。

"啊,这封信,你还没有发出去?"我很诧异。

她笑了笑,妩媚的道:

"你当真以为我是那么小气,连一个女子来看你都不许吗?——我不过是故意试探试探你!……啊,最爱的!我真不知道怎样感激你才好。你对我太好了。……请千万原谅我的一时嫉妒吧!那个时候,我整个人一片昏眩,仿佛天全塌下来了,真不知道怎样才好。理智上明知道有点过分,情感上却无法控制。真可怕极了……现在,我已经真看透彻你的真心了。"

她用感激的眼睛望着我。

这以后,我们不再提起这件事。

叶林娜知道了这一切后,很有点抱歉玩笑开得过火,以后,有一个时期,似乎不大好意思再和我们接近,渐渐与我们疏远了;这在我们,正是求之不得。然而,时间长了,奥又主动和她恢复友谊,不过,叶当我面,不敢再像过去那样放肆了。

【十六】

风吹过去了,阴霾也吹过去了,天空又回归明净。我和奥蕾利亚的爱的天空也恢复澄洁。

我们像是两片树叶子,翩翩飘入一座无比深的幸福深谷,一直飘下去,……

我们最爱散步,特别是在阳光极明亮的星期日。

缓缓穿过一条又一条街,大多人迹比较稀少,空间幽静。这时,一切尘俗喧嚣声都从耳边消失了,全世界仿佛只剩下我们的脚步声。

一些美得令人不忍欣赏的月夜,我们在冷僻的街上散步。大月亮由远远的森林后面升起来,衬映着密札札的针叶树上的雪光,反映出一片淡青色的光芒。月光照在希腊教堂的蓝色圆顶上,闪射于它的米黄色墙垣上,洒落在晶白色的雪地上,现得无比的冷艳而安静。托木斯克的教堂相当多,这些古罗马风的建筑,洋溢着基督福音,把迷蒙的倒影描画于雪街上,使我们感到一派庄严与和平。

月光搂着奥蕾利亚的美丽身影,抚着她明亮的脸庞,雪亮的眼睛。她在银光中爽朗的笑着,笑声搅拌着月光。

我们的散步,有时要延长到午夜。这时,已是春季,天气不太像深冬那样冷了。夜越来越沉,我们的话语,也愈来愈少,大部时间沉默着。虽无一语,只要两条温热的身子不时接触,我们就感到有千言万语。她不时停下足步,神妙的盯着我,四只眼睛在月光中缠在一起。每一只眼都闪射月光的亮度,直至走入一片咖啡馆。

托木斯克四周环山,中间是盆地,城里有不少高坡。有些街道作波浪形的起伏,地上积有几尺深的厚雪,凝冻而光滑,上坡时很费力。按体格说,我远比奥强悍,自然该我搀扶她。可她总欢喜扶持我,像一个年轻母亲扶助一个才会走路的孩子。她这样做,完全出于母性的本能。她的昵爱感动了我,我不忍拂她意思,只好顺从。这样,每次上坡,只要她一伸手,我就像孩子似的把身子凑过去。她似乎向我招手道:

"上来啊,好孩子!"

身子被挽在她手臂上,我忍不住向四面望去,行人寥似晨星,每一家的门深扃着。晕黄灯光从"双重窗门"内透出来,偶然杂着曼陀铃的隐隐声音。……

……

气候变化,有时并不影响散步。深夜,狂风如万千虎豹枭吼、猛啸,我们偶尔依然互挽着腰肢行走,稍稍低下头。夜狞恶、无光,我们像落在暴怒的大海里,足步在奔腾澎湃的波浪上前进。风不断咆哮,这种风,只在靠北极地带才有,俄文称"怖乱",日文叫"大吹雪"。它从北冰洋冲来。我们的脚步声完全没入大风中。整个世界好像已经崩溃,只有我们两个人还活着。我们似在享受宇宙的愤怒。

"呜,呜,呜,呜,呜……"风厉号着、疯叫着。

我们突然站定,似站在宇宙空间深处,像星球望星球;互望着,忽然对笑了。

……

离开奥蕾利亚,一部分时间有时消磨于啤酒店。除了喝啤酒,仿佛觉得再没有事情值得我做,图书馆已经少去,我开始有点讨厌书本。

淡黄色酒液滑过嘴唇,大麦的香气激荡在空气里,连我的汗毛孔似乎也流出芳香。酒液经过胃的消化,吸收到血管中,全身变得温暖、舒适。高粱酒或伏特加所给人的温暖,像一颗急性炸弹,猛在身上爆炸开来,刹时间,体温上涨到某种高度。啤酒所给人的温暖是慢性的,渐渐将体温升高起来。

一边喝啤酒,一边凝望窗外远方。

冬季,过度凛寒使冷气结成一层透明的形体如白雾,本地人称为"杜曼"。它到处张挂,不断散洒奶白色的粉末子,似碎盐,又似小雪珠,落在人脸上,像针刺一样痛。冬天的阳光相当稀有,最慷慨时,每天只不过照射两小时左右。冰寒镇压了一切。远远的,在"杜曼"网覆下的森林与山岭,渺渺茫茫,浮现一片乳白色。狂风吹过,林海抖动起来,被"杜曼"所纠缠的树梢,立刻变成无数只银狮子。望着,望着,我感到一种奇怪的迷惘、疲倦。"我就是这样支付自己的生命吗?"我问自己。

现在是春天了,雪已开始溶化,树木渐透绿色嫩芽,预告一个柔美而温和的季节。远方"杜曼"的白色网已经没有了,群山群树的尖梢闪耀着棕色阳光。街上行人更多了。"这就是春天吗?"我问自己。

四周一阵阵嚣杂声响起来,令人感到沉闷。我好像是隐藏在罐头里。

我重新举起高高酒杯。

……

我之厌恶书本,不断接近啤酒,这预示:另一种心情开始干扰我的生活。

那个明天的"明天",渺茫的"未来",像一个奇异彪巨的精怪,渐渐的,从弥漫的"杜曼"后面,从发轫溶解的化雪声中,慢慢的,由一片朦胧变得清晰了,正在山间林海中浮现,站直了,向我缓缓走来。不管我怎样紧闭眼睛,仍听见它的脚步声。

三个多月来,我把自己深埋在一份梦境,为了抵抗现实生活的空虚,正如我在街上走时,将头紧裹在皮大衣高高水獭领子内,为了防御四周冷风与严寒。然而,有时候,一个行路者,仍不得不从领子内抬起脸,凝视前面物像;同样,我的秘密灵魂,此刻也不得不注意前方——未来的一切。于是,我听见上述脚步声。经验告诉我:不管你怎样努力,你总不能把你的生活绝对单纯化,单纯的享受、消磨生命。一大堆"复杂"永远守着你。你能暂时让自己"单纯"一个时期,却无法永恒如此。这种"复杂"和那个精怪是孪生子。

怎样才能叫我们的梦境与这对孪生子和睦相处呢?

第一次,我对自己环境作了一次深邃分析。

我们这个世界,永远是混沌且矛盾的。我们的时代也是。我目前暂时栖身一枝的国家,也是。曾有一个时期,它并非如此,一种似乎能够统一全人类精神状态的伟大信仰,把一切混沌澄清了。有好几年,人们完全摆脱了心灵的矛盾。当时,我虽不在这儿,可我却在另外空间,呼吸到它的和谐气息。但1925年以后,特别是这几年,情形越来越变了。马雅可夫斯基对准自己太阳穴所发的枪声,是一个信号,象征新的混沌又将肇始。千千万万曾为这个国家流过血淌过汗的人,被流放、杀戮,投入牢狱。许多纯洁的灵魂,又恢复了矛盾的精神状态。在这种气氛下,我和奥的感情、前途,只要我们一想起,就不免蒙上一层暗影。如果是十年前,我们尽可自由结合,可现在——

单单我们的爱情享受,往后拖长了,惹人耳目了,可能就会遭到困难。至于永恒结合,绝少可能。先不说我的身分、处境,就拿她说,这几年里,现实力量本身,就又渐渐恢复传统对她的压力。老一辈俄国人从未忘记,他们是波兰的征服者。这种高傲的

182

"主人"意识,随着目前形势发展,在新的一代也产生影响。要谈这些,三天三夜,也谈不完。只要说明一个事实就够了。八年后,那一纸德苏互不侵犯协议,就进一步证实了目前她所感受的一切。这个号称最进步的国家,却和希特勒合作,共同又一次瓜分波兰。这一残酷事实,在我和奥相爱时刻,虽未显露震动人心的迹象,但植根于大斯拉夫主义精神中的许多蛛丝马迹,早已被我们——也被这个国家的许多人所敏感了,而且,形成一种违背它的立国精神的社会势力了。情形如此,作为一个曾经是亡国奴的波兰少女,如想随心所欲,和我永恒结合,肯定是难如登天。

正由于这些,有时我才感到苦闷,常藉啤酒解愁。我似乎沉醉在二千年前彭贝①城的古罗马狂欢节中。当维苏威火山未爆发前,这个小城尽可享受它的节日。

我这种得过且过的态度,——是在火山脚下跳舞的态度,并不能埋葬那些不大可爱的事情。

有一次,我们第一次谈到它们。她坐在我身旁,两只宝石蓝的大眸子直直望着我,激动的道:

"怎么办呢!……亲爱的,你难道不想把幸福永远留在身边么?"

她的脸孔,时而忧愁,时而兴奋,我看在眼里,不得不冷静的作如下分析。

如想把幸福化永恒,在我们面前,只有两条路好选择。一条

---

① 现多译为"庞贝"。

是:我永远留下来。一条是:将来她和我一道离开这儿,连带她的母亲。

听了这些,她也冷静下来了,好一会,沉思不语。

"你留下来,可能么? 他们同意么? 即使能留下来,将来会发生什么事呢?"

后一句话,她指这个国家目前到处出现的接近恐怖的气氛。

她知道,即使万一她这三个"?"有一个乐观答案,(事实上很少可能,)然而——"你得永远抛弃你的祖国独立革命的事业,哦,彻底把祖国扔在一边。……啊,不,不,这个牺牲,对你太大了,我不能接受。"

剩下来的,只有一起离开。

"啊,林,只要能离开这里,随便什么海角天涯,我也愿跟你去,妈妈也愿意。她绝不会离开我。"苦笑起来。"当然,经过波兰时,我们可以住一个短时期,那里,还有我的一些亲戚哩。"

我告诉她:如果真能一起出走,尽管我是流亡者,只要一到中国,还是有办法的。上海市有我们的流亡政府,还有一些韩侨,其中有几个,是我的亲戚。不管怎样,总有立足之地。

可是,怎么个离开法儿呢?"一起离开",这四个幸福字眼的实际可怖涵意,在谁的面前,都比太阳还明白。

可谁都知道,古往今来,不论哪一种强烈爱情,全能叫人头晕目眩;一个人的思想,常常因此离开正轨。人们更经验过:这种特殊情感,也会使人产生种种特殊的勇气、幻觉,并想象着各式各样的奇迹。奇迹往往是"勇敢"的独生子。我不禁想起,当年拿破仑的海军在英伦海峡吃了败仗,他却转海上败仗为陆上胜利,带大军远征埃及——一个对他完全陌生的国家,取得辉煌功绩。这正是高度勇敢的果实。(自然,还得加上智能。)

接受这类启示,以后两星期,我和她不断研究种种随军出走的办法。

根据我得到的最近消息,中俄双方正在谈判复交,将来,迟早会通过正式外交关系,把我们这一支队伍送回祖国。

只要我做好充分准备工作,在一支近两万人的军队中,偷偷窝藏两个外人,应该不成问题。她们母女两个,尽可以乔装打扮成男人,换穿军服,塞到潮水样的士兵中间。不妨托词脸上长疮、发炎,用纱布蒙住双目,再在其余部分,扎以白色绷布,使人看不出庐山真面目,由我黑夜把她领上车(估计为避免日本间谍耳目,总是夜间上车,)混在士兵中间,冒充病号,一直睡着。她母亲是老年人,化装老翁,比较容易,只要用围巾把脸大半包裹着,棉军帽前檐帽折放下来,挡住眼睛,就行。一上车,她大可躺着装病,不爬起来。

关于饮食等等问题,只要我和周围士兵搞好关系,不难解决。火车开驶一星期,就抵莫斯科。估计当局不会派人上车拦查(即使拦查,也可混过去)。再一周,就可出国境了。

至于向 T 中学请假,(如我们军队在暑假期中开拔,她根本不需请假,)可藉口莫斯科她有一个亲戚患重病,她们母女须去探视。

她们所有动产——包括现金,可设法先在黑市售卖,或兑换美钞和黄金。至于不动产,可以先向叶林娜一家谈好,以最廉价格,让给她们。她家和后者是多年老友,而叶林娜思想一直倾向西方,无论就道义,或利害说,叶终会同情她、支持她的。

以上种种关键性的问题解决了,剩下来的枝节困难,较易克服。

第二个星期日,像发动第一次世界大战的德国参谋总部,我们把全部作战细节拟定了,她真像一只"雌老虎",扑到我怀里,又是眼泪又是笑的道:

"我们这真是写一本新福尔摩斯侦探小说,当最后一行完成时,那就是我们真正人间天堂竣工时。啊!亲爱的!亲爱的——"她不是希腊教徒,却在胸口连连画了几个十字。"愿天主保佑我们!"

"就这么说。我们这就着手准备。不过,和叶林娜一家谈判,要等将来我们军队确定开拔前,才能进行。那时,总有一些时间,让我们办好这件事。从现在起,我得开始拉拢那些能帮助我们的官兵。"

我告诉她,这是我的运气:在东北时,一位韩侨富商同情革命,也敬重我,曾赠我三根金条,以备我万一需用。我一直藏在身边,不敢随便花费。想不到,此刻倒可派点用处了。

"听你过去作战故事,你一直是个了不起的军人。我相信,你会打胜这一仗的。……啊,你真像当年罗马安东尼一样,完全为一个女人打这种仗。"

我也笑了。

"奥,在打这一场仗之前,我们先得玩几天。这以后,日子够紧张的,怕不再有玩儿的轻松情绪了。你不说过,四月中,学校放春假,有几天假期? 临时找个理由,再设法续几天假,凑个一星期,我们到乡下玩玩,好不好? 我们从未单独出去旅行过呢!"

"那太好了,我也早有这意思了。……到乡下去!到乡下去!托木河的美丽流水声,早等着我们呢!"

我暗自忖度,原有两件大衣,一件是呢的,一件是皮的。天气渐渐暖了。我可以卖出皮大衣,换得一笔巨款,供我们蜜月挥霍。

【十七】

春天来了,蔷薇花苞快开了,雪融化了,迷人的鸟雀开始歌唱了。我和奥蕾利亚心里的鸟雀也歌唱着。

这一星期过得太美了。我们不像生活在人间。简直是做活神仙。也许,真正的神仙,也未必像我们这样幸福哩!

我们相约:为了面对即将莅临的那一堆搏斗的日子,这个星期中,我们要尽情享受,不许谈一句正经话,做一件正经事。我们要让我们的全部生命都沉浸于欢乐中。

超越一切的,是那一个个新的迷人午夜,它站在我们面前,正像窗下托木河边的树木,显得巨大、坚实、摇晃、多姿。它是一个真实体,又是一个神异体。它以真实的黑暗淹没我们视觉,又以几乎无色之色,激起我们的神异想象。

真正,这种午夜,假如不是地狱的极致,就是乐园的极致。

有许多许多痛苦的形体,曾出现于午夜,有许多许多最美的形体,也曾出现于此刻。在地狱与乐园之间,有时,像塔克拉马干大戈壁寒夜和印度夏季白昼,中间隔了一层不可攀越的喜马拉雅山,有时,却又像手掌与手背,所距还不到一寸。

幸运的我们,却在享受着乐园。

一枝非常瑰丽的形体,从午夜深处升起来,浮现于我四周。它以特有的胴体香味包围我,使我沉没入一泓神妙境界。

可我更欢喜扭开灯,像一个画家,欣赏奥蕾利亚的形姿。在长长的、薄薄的粉红色睡衣内,那些半圆与椭圆,弧线与直线,新月与落日,三角形与海湾形,圆锥体与提琴体。一个西方女人形体的优美线条,是那样生动,富有曲折性,又如此充满大自然的弹力,对一个东方人说来,简直是极大的蛊惑。

我熄了灯。

这是一个真正的午夜。

一种神秘的节奏、韵律,像一阕奇妙的雅典竖琴演奏,从她的发、额、眼、鼻、嘴、颊、颈、肩、胸、臂、腿、胫——足尖,雨点样洒向我,使我感到极度豪华的沉醉。这种沉醉,达到最高潮时,我简直是在倾听19世纪浪漫派大师斐里辽斯的《幻想交响曲》,一片极其魔魅的彩色旋律,正像它最后乐章的巨大钟声似的,无比深沉的,直敲到我心灵底层。

老实说,这并不是我第一次接触异性。但过去,我只是偶然渴饮水、饥餐食式的找寻刺激。只有这一次,我才能以一种巨大的诗情,又深湛、又幽玄的,欣赏一朵泛滥诗意的午夜。

黑暗中,深深注视我(这是凭我的神秘感觉),她微微喘息着,低低道:

"像今夜这样的幸福,将来我们还会再有么?"

我轻轻抚摸她的脸,低低道:"好的事情,永远会再来的。"

停了一会,我温柔睇望黑暗中的她。

"在你的全生命中,这种奇异的没顶,还是第一次吧?"

她用手背堵住我的嘴。

"正因为这是第一朵创造性的莲花,我才感激你;因为你叫我变成一个真正的女人。"她似乎闭上眼。"从前,我只能算半个人。"

"……"

"你接触我时,我的感觉怪异样的。我像一座蜂房,千千万万黄蜂,突然'嗡嗡嗡'飞出来。我不知道,天下还有什么别的经验,能像一个女人新婚夜的感觉。它是那样神奇、华丽,我简直完全不认识自己了。在我自己躯体内,仿佛突然发现另一个完全陌生的女人。她什么都是,就不是我。"她紧紧抱住我。"哦,我最爱最爱的!这个时辰,即使死在你怀里,我也甘心。"

……

"真奇怪,不管你在说什么,做什么,也不管你怎样疯狂,可你整个形象与声音,仍像大自然的一部分,一种绝对美学的化身!——千千万万朵玫瑰花的化身!"

"在人类历史上,人们曾有过万万千千次'真夜',却极少有人敢公开的坦白的谈它们。好像这种午夜,越封闭越好,这种诗情,埋藏得越深越好。而且,离任何文字语言,愈远愈好。其实,在那些'真夜'中,疯狂的男人和女人们,谁没有疯狂的谈过呢? 那是所有语言中最人性的、最不撒谎的。在未来的回忆中,这些时刻将像香料一样,给所有记忆的形象增添无穷蛊魅。没有这些香料,任何爱情只是一幅素描,缺少一份巨大的完整的魔祟。"

她听着,听着,不响了,渐渐、渐渐的,头匐在我怀里,睡觉了。

镇上有一家招待所,专接待外地游客。它是旧俄贵族留下来的华丽建筑之一,原是一个伯爵的别墅,此刻却改为变相旅馆了。我们赁了一个头等房间,室内设备,可称齐全,有壁炉、地毡、沙发,和一些精致家具。两面全有白色窗幔。一面凭窗可眺望托木河,另一面,则俯临一座小花园,园内莳植一些常绿树木。

每个清晨,一听见鸟叫,我们就醒了,并不起床,却尽在枕边说痴话,或是默默对笑,直到太阳照上两张红扑扑的脸,才慵慵的、甜甜的起来。

早饭后,我们跑到托木河畔听水、看水,瞧一些木筏子轻轻流下去。奥蕾利亚倚在我怀里,低低哼一些小歌曲,只闻声音,不听歌词,几乎全是喉音、鼻音。哼得最轻时,只我一个人听见,好像是隐隐约约的游蜂音籁。我爱这种情调,有时候,一两个小时,就这样滑过去,我绝不打断她。听到最后,哼声与流水声响成一片。

午饭时间,我们在房内吃。奥蕾利亚是那样淘气,常用叉子把菜送到我嘴里,仿佛我是不会吃饭的小孩子。我们一面吃,一面对望、对笑,那微妙滋味,是不能形容的。这个时候,我们有时不一定要表示什么,说什么,只要意识到她是在我身边,我是在她身边,单是这一"意识"(作动词),就够人销魂的。

可不少时候,她简直变成一个很胡闹的小孩子。她不时跟我交换食盘,最多时,交换十几次,越换越快,再也分不清谁吃谁一份了,她就扑到我怀里大笑。如果饭后吃长长的橡皮糖呢,我们就很顽皮,一人咬一头,愉悦的嚼着,嚼到最后,终点是一个吻。

午饭后,休息一会,我们到田野间散步,随兴所之。一行走,一行闲谈。也不知道哪里会有这样多话谈,永谈不尽、说不厌。走累了,就在农家的干草场上休息。高兴呢,就朗诵几首西方名诗,或是自己写一两首;不高兴呢,我们就和农家的老头子或小孩子闲谈天。回去时,满捧了一大束野花。

晚饭后,我们躺在壁炉边,喝浓咖啡。情人的话比流水还长。聊倦了呢,她弹弹吉他。弹一会,又谈。从谈到弹,从弹到谈。

直到很倦很倦,在炉边假寐一会,才正式上床。

不知由于什么奇缘,我们竟从一个古董杂碎摊头买到一些奇异贝壳。坐在河边,我们开始欣赏这些海产品。

我凝望她,笑着道:"在这样绮丽天空下,春天河水滨,你的眼睛像蓝玉贝,你的耳朵是凤螺,你的脸是珍珠贝,你的嘴唇是红色榧螺。"

她笑着道："你的眼睛是缓贝,你的脸是日月贝,你的嘴是红蛤。"

"你的胸膛是夜光螺,你的魅力是蜘蛛贝。"

"你的胸膛是蜀红螺,你的脚是马蹄螺,你的魅力是天狗法螺。"她咕咕笑着。

"我的嘴是天狗法螺。"我笑着。

"你对我夜夜吹法螺。"她笑着。

"一直吹入你心灵最后一间密室。"我笑着。"你是传说中的蜘蛛精,夜夜织网捉男人。"

"那么,让蜘蛛贝和天狗螺结合在一起吧。——他们正好一对。"

她大笑着,倒在我怀里。

"我们现在的生活,真像螺壳里的生活,我们生活于日月贝和红口榧螺内,除了那些雨虹样卷成的一圈又一圈圆圈,蜗牛样的圆圈,什么也看不见。"

"不,我们是贝壳,永远听见远处北极海的声音。大海的幸福。"

"这条托木河的绮丽波浪,正是我们幸福的化身。是我们的幸福在流着、动着、响着、唱着。"

是的,波浪!我们生活里满溢幸福的波浪。我们的眸子有波浪色,声音有波浪音。脸上、发上、肩上,有波浪影。即使我们的梦,也有波浪的节奏。我们不是肉体,是河船,永远随幻想的风飘走。四周波浪涌显一条条弧形,这些弧正代表宇宙间的圆全、美满。我们双双美满的躺在河边沙滩上,躺在风中,阳光下。

越是爱,越想获得更多的爱。愈是结合,愈想达到更深的结合。在白昼光里,这种爱的结合,无法表现得更紧密、深沉。于是,我们寻觅黑夜。我们自己房间的夜,可还不够幽黑、浓酽,于是,便找那更广大的、更丰富的。

我们爱在托木河岸的黑夜散步,臂挽臂,头靠头,一行走,一行耳语。喃喃河水应和我们的声音。紫色星星照射我们的脚步。

"我们走到哪儿了?"我问。

"管它!只要在你身边,我愿随你走到海角天涯。"

"你不怕人们笑我们是疯子?"

"这种时候,只有疯子才真正幸福。"

我停下步子,凝视她的眼睛。

"我要瞧瞧你,疯得怎样了?"

她噗嗤笑了。

"我的情感是疯的,思想可像天上星星一样清楚,好照明我的心情。没有一秒,我不深深欣赏我的被照亮的情感,因为,它里面有你的形象、性灵。你像一座花园,投无数花枝招展的倒影入我情感的河流。"

"哦,亲爱的,我可一直感应着你的体温,听着你的心脏的跳动。"

"你不感觉到一种火焰的喷射?火焰的跳动?"

"是真实的'春天'的喷射,花朵的跳动。万千生命全汇成巨流,从我血管流入你的血管。"

"哦,你这一提醒,我倒仿佛有点要熔化了。……我有点晕眩感觉。……"

"亲爱的,你累了。我们憩一会吧。"

我扶着她,共坐在河边一块大岩石上,她的脸埋入我怀中。

"爱,你不想看看托木河里的星光吗?"

"不,你胸膛中有更多的河流,更多的星光。"

"那么,你就是一只船,让我慢慢摇吧。……摇啊!……摇啊!……顺流而下。……流到世界一切海洋中。……"

我当真用双臂搂住她的身肢,轻轻摇着、摇着。

"哦,亲爱的林,你说,这个时候,天堂里的天使们,会像我们这样幸福么?"

"怕不会,因为我们把他们的黄金时辰全消耗完了。"

奥蕾利亚的头发真长、真亮、真浓。我常常对它们痴望,像望一片幽暗的小树林。

"傻子!为什么老这样痴望着我的头发?瞧你的神气!好像我的头发里藏有蜜糖似的。"

她轻轻打了我一下,忍不住笑起来。

我抓住她的手,轻轻道:

"不,你的头发里并没有糖,却有海藻的气味,叫我联想起海水,和异国的海湾,异国的帆船。我在里面看见异国的情调,媚人的、可口的、诱惑的,……"

"你大约还看见异国少女的脸,是不是?"

"是的,我看见异国少女的脸,明亮的脸;亮得像闪电,它的主人名字叫奥蕾利亚。"

她含恼带恨的望了我一眼,叹了口气道:

"唉,你可真会恭维人。你有一副魔鬼的嘴唇。你也真正是我命中的魔鬼。"

我轻轻把她揽到怀里,笑着道:

"我即使是魔鬼,也是一个叫你幸福的魔鬼,是不是?上帝只能叫人倒霉,只有魔鬼才能叫你活得舒服——是不是?"

她含情的望我一眼,妩媚的道:

"当真,你确是一个可爱的魔鬼呀!我怎样感激你呢!"

"随你意思。只要你想出的,都好!"

她沉思了一下,笑着道:

"我想起了。刚才你不是说我的头发像海水么?现在,朕颁御旨,赐予你海水浴一次,好不好?——"

我不响,把脸深埋在她的发丛中。我呼吸到丁香花的香气。

在海水里沉醉了好一会,才抬起头,顽皮的用手捉住她的几缕发丝,藤萝似的缠在手上,轻轻问:

"痛吗?"

"不!"

"为什么?"

"因为我爱那只使它们痛的手。"

196

我笑了,松开手上的发,感激的抚摸它们,又用手指为她梳理那些乱发。我一面梳,一面天真的道:

"奥,你是不是觉得爱情是一个最顽皮的孩子?它逼我们常常做出怎样不近人情的傻事?我有一个朋友,常和一个女友在一起看电影。后来,她走了,他每次看戏时,仍买两张票,让身边留一个空座位,你说有趣不?"

"这不是有趣,这是伟大!"

"是的,这是伟大!"

我喃喃着,被窗外的春气弄醉了,也被奥蕾利亚身上的香气弄醉了,我觉得周身血液冲上脸。

……

夜晚来了。我们睡得很迟。享受使我们忘记了疲倦。我坐在壁炉边的地毡上,她躺在我的脚下,像一只猫。她说:她最爱做一只被太阳光烤得暖暖的猫,我就是她的太阳光。此刻,我们四周,是黑色的夜。黑暗中,只有壁炉内的木柴火光跳跃着,像红蝴蝶似的使室内充满一种暖醺的红光。火光照亮奥蕾利亚的脸,她的眼睛分外明亮了。

她拉着我的手,轻轻道:

"给我讲一个故事吧。不要用情人的神气,要用一种哥哥对妹妹的态度讲,我不是你的最好的妹妹吗?啊,林,我亲爱的哥,对我讲吧!讲一点童话或者神话,最好说一点梦与花园的故事,即使我睡觉了,也别停止,好让我在梦里也听见你的音响。"

我抚摸她的头发,温柔的道:

"是的,奥,我的好妹妹,我应该为你讲一点童话或者神话,讲一点用蜂蜜而不是用墨水写的故事,谈一点用尼罗河畔的芦苇蘸着麋鹿的眼泪写在菩提树叶上的诗句。不过,现在我只想讲一个二十六岁少女的故事。我要讲这个少女怎样变成一个流亡军人的情人。——好不好?"

"讨厌,你干吗总要拿我开心呢?"

她撇了撇嘴,不响了。过了一会,她笑起来道:

"好,你这讨厌的无赖汉,讲吧,讲我吧,讲这二十六岁的少女吧!不过,要是讲得很坏,我一定要惩罚你。"

"怎样惩罚呢?"我笑着问。

"我要重重打你三下手心,重重绞扭你的头发三次,并且三天不给你吻!"

我吃惊道:

"好厉害的惩罚!上帝对撒旦也不过如此。我不相信我的女神狄安娜会做出比尼罗皇帝还残忍的事。"

"会的。会的。"她坚决的说。

"那么,我如果讲得不坏呢?"

"那我当然给你一份报酬,一份绝不会叫你失望的报酬。"

我于是开始讲:

"……很古很古的时候,在一万年或两万年以前,一个叫作奥蕾利亚的二十六岁少女来到托木斯克。她来自波兰原野。她到托木斯克的旷野上找真理,像耶稣似的。可是,旷野告诉她:天下的一切真理中,最真最真的真理只有一个,就是床。对于一个少女,床就是她的最高真理。"

她还未听完,就很严肃的道:

"刁钻的流氓,我非重重打你手心不可。把手伸出来!"

我把手伸出去,但她并不打,却拿来贴在脸颊上,昵爱的问:

"我的脸烫不烫?"

"啊,烫、烫极了!——这证明我的故事有着十足的魔力啊!"

"不、不,你讲得很坏。我要重重打你三下手心,三次绞扭你的头发。"她从脸颊上取下我的手,轻轻打了三下,又轻轻三次绞扭我的头发,接着说道:"嗯,我还要三天不给你吻。看你还敢骂我不?"她看看腕表。"记住啊,现在是十点十五分,今天、明天、后天。要到大后天十点十五分以后,我的嘴唇才向你开禁。"

我轻哼一声,笑着道:

"我不相信你会像女巫一样残忍!"

"一定,一定。"

"那么,好,你曾经向我宣过誓,说我是你的嘴唇这份财产的唯一保管人。现在,我以保管人的名义命令你:凑过你的嘴唇来。"

"在大后天夜晚十点十五分以前,你没有权利要求。"

"凑过你的嘴唇来!"

"不,大后天晚间十点十五分以后。"

"不近人情的小野蛮,难道我们必须手里拿着钟表才能谈恋爱么?你愿意我们都变成钟表匠和机器匠么?"

"不,大后天晚间十点十五分以后。"

"好没来由的人！瞧，满屋子都给你弄得有机器油的气味了。"

"不行,说什么也不行！"她坚决的摇摇头,强硬得像一只小虎。

"好,你非叫我模仿俄国沙皇的作风不可吗？"

"不讲理的,尽耍野蛮,不害羞么？"

"是的,不害羞。我原本就是从东方一个野蛮国度里来的。"

"不、不、不、……"

她咕咕笑着,闪躲开去。

终于,她坐起来,用一种赞美的口吻道：

"得了,我不再和你逗笑了。可爱的无赖汉,我应该对你说句公平话了。你刚才的故事讲得很好。它虽然是为了骂女人而编的,但我依然要赞美你,骂得很好。对极了,一百个少女,有九十个确是为床而生的,虽然我绝对不是。我必须实践诺言,给你一个绝不叫你失望的报酬。"稍停一停,她又用娇媚的声调轻轻道："假如你有进一步的野心呢,只要是能叫你快乐的,我也可以让你满足。……"

话语声消失了。各种奇异的光出现在我的眼前。蓝色的光、白色的光、青色的、紫色的、黄色的光。屋外有风声。猫在屋顶叫。一只夜游鸟飞过去了。这是一个美丽的四月之夜。火光在壁炉里摇颤着,柴火闹得很凶,……

四十分钟后,我们双双微笑着躺在地毯上,梦在我们头上飞翔,如一只燕子。

"另外给我讲一个故事吧,随便什么故事都行。"她把头枕

在我的臂弯上,凝望着我的脸。

我摸着她的脸颊,温柔的问:

"我给你讲林达与希绿,好不好?这是一个悲哀的故事。"

"好的,林达与希绿,悲哀一点,也没有什么。"

"在希绿的生命里,永远是瞭望与期待。每一个黄昏,她穿上最美丽最新鲜的长裙子,斜倚着被夕阳涂成红色的栏杆,向海上瞭望着、期待着,期待着林达的到来。接着是狂欢的夜。对于她,每一个夜晚都象征青春大解放,青春大创造。接着又是黎明,带着她身上的芳香与热力,林达又回到海那边去了。"(注:林达与希绿为希腊神话中的人物,二人隔海而住,林达每晚从海的彼岸泅泳过来,与希绿幽会。有一晚,海中起大风暴,林达被淹死,希绿看见他的尸首漂浮在海上,当即跳入海中,抱住他,两人的尸首于是拥抱沉入海底,又浮起来。)

"那些销魂的夜,林达轻轻在她耳边絮语道:'我怎样述说我的心灵热度呢? 我自觉是永不熄灭的火炬,可以把史前的地球冰期改成夏季!'"

她睁着眼,躺在他热热的胸膛上,听着,喃喃着,梦呓着,……

奥蕾利亚像希绿一样,在我的语声中睡着了,在风声与炉火声中睡着了。我噤默,我坐起来。我沉思的望着她。我轻轻在她颊上印一个微湿的吻,轻轻托起她。

不管蜜月怎样长,总是短的。情人的表上分针,比赛马表的钢针更快,仿佛没有日出与日落、月亮与星光。随时都是日出,随刻全是日落。太阳就是星光。白昼就是黑夜。不管我们在室内喁语,河岸上散步,躺在沙滩上看云彩,入树林深处呼吸迷人的绿叶气息,时辰总像闪电样飞过去。记得有一次,我们在原野草丛中摘野花,边摘边谈,还没有采撷十几朵,大半个上午就过去了。更妙的是,有一次,上午八时,她一定要用刀片替我刮胡髭,一面刮,一面谈笑,相互打趣着,胡调着。等到最后一茎短髭"刈"去时,看看表,唬了我一跳,已十点了,真不知竟有那许多俏皮话,有一搭没一搭的说。三说两说,再加上动手动脚,时间就变成闪电。我实在佩服我们的"磨菇①"功夫,分分秒秒全是灵感,当时是无比享受,事后却了无痕迹,怎样记忆,也记不分明。我这才明白,许多真正活在诗里的人,为什么写不出一句诗。他们早已把它们咀嚼消化透,化为自己血液了,哪肯再留给世人一丁点残迹分享? 真正,和奥在一起,不管我们做什么,全是销魂,两颗心灵如七宝琉璃灯,相互纤毫毕见,却又相溶互化,无微不和谐。她如果是云,我就是云彩,我若是风,她就是空气。她若是花,我就是香味。我假使是流水,她就是节奏。

啊,上帝,是你创造这个宇宙的! 再不信你的人,在蜜月期间,或多或少,也暂信了。要不是你,一切哪能安排得这样美妙? 有时,我和奥就不信自己有这样殊异才能,竟创造出这样的梦幻幸福。大约总有那么一个伟大的宇宙力量,帮助我们设计、制造吧? 因为我们生活太月光化,我们就相信月亮是神;因

---

①蘑菇。

为我们言语太星星味,我们就以为繁星是上帝化身;因为我们情感太日球化了,我们就猜想日球是最高的"主"。啊!这光风霁月的七天,这珍珠似的七天!这比象牙更象牙的七天!

第七夜,想起次日就得离开这个小镇,我们有点感到迷惘。为了把现实场景与历史场景相溶合①,这一晚,我们谈哥德②,特别是哥德与"迷娘"贝亭娜的故事。我躺在她膝下,一遍又一遍,为她朗诵"迷娘歌",它太迷人!

> 你可知道那柠檬花开的地方?
> 黯绿的密叶中映着橘橙金黄,
> 台荡和风起自蔚蓝的天上,
> 还有那长春幽静和月桂轩昂——
> 你可知道吗?
> 那方啊!就是那方。
> 你可知道:那圆柱高耸的大厦,
> 那殿宇的辉煌,和房栊的光华,
> 还有伫立的白石像凝望着我:
> "可怜的人哪,你受了多少委屈?"
> (注:用梁宗岱译文)

我重复诵读,特别是"可怜的人哪,你受了多少委屈?"那两

---

①融合。
②现多译为"歌德"。

句,我反复了好些遍。

我忍不住叹息起来。

她问我为什么叹息。

"我想起歌德与迷娘之间一段令人沉醉的故事。"

她轻轻拉住我的手:"告诉我这故事。"

"1810年8月中旬,迷娘和歌德在一起。他这时已经是六十开外的老人了,迷娘却是一个二十五岁的美丽少女。

"黄昏时分。歌德坐在窗沿上,迷娘站在他面前,两手抱着他的颈脖。她的眼光箭似的射入他眼眶深处。

"歌德再不能忍受她的注视了。问她热不热,想不想享受点清凉。

"她点头答应。

"歌德说:'敞开你的胸膛吧,让黄昏空气润润吧!'

"她不表示反对,脸却有点红。

"歌德解开她的衣裳,望着她说:'黄昏的晕红传染到你的脸颊上了。'

"歌德吻着她的胸膛,把他的额头搁在上面。

"她说:'有什么稀奇,我的太阳落在我的胸膛上哪!'

"歌德怔怔望了她许久,问道:

"'还没有人抚摸过你的胸膛吗?'

"她摇摇头:'没有!你触摸着我时,我觉得怪异样的。'

"于是歌德吻她的颈脖,一次又一次的,猛烈极了。

"她有点害怕,可又觉得这非常之美。她终于忍不住笑了,像遭遇了雷震似的,整个被撼动了。

"歌德低沉的对她道:'你好像暴风雨,你的嘴唇在闪电。你的眼睛在打雷!'

"你就是大神宙士①,你一皱眉,整个奥林匹斯山都抖颤起来了。

"歌德说:'将来,当你晚上脱掉衣裳,当星光像现在一样照着你的胸膛的时候,你愿意想起我的吻吗?'

"她答:'愿意。'

"'你愿意想起:我很想把我的吻,像星斗一样无量数的印在你的胸膛上吗?'"(注:参考梁宗岱译《歌德与贝多芬》)

奥蕾利亚用手背遮住我的嘴。

"不要再说下去了,这故事叫我害怕。"

我诧异的望着她。

"太美了,美得叫我害怕。"

停一停,她叹息道:

"像这样的故事,一个世纪能产生几个呢?"

我静默了。

这一晚,我们一直保持神圣的安静。

在这样一种神圣气氛下,我们极诗意的享受着最后一个蜜月之夜。仿佛任何热情动作已无法表现我们的境界了,只有藉助类似宗教的虔诚与宁谧,才能进一步表达我们不死的爱。

---

①现多译为"宙斯"。

【十八】

这七天实在过得幸福,不能再幸福了。假使这时就抱着死了呢,我们也一定死得很香甜、幸福。从前,我在报上看到,一对情人双双含笑自杀的新闻,常诧异他们为什么死得那么从容。现在我才恍然大悟,在这种情形下,死比生其实更美丽。

回到托木斯克,我和奥蕾利亚分手,答应第二天再见。

想不到才返回收容所,里面竟出现异乎寻常的气氛,我吃了一惊。这时,胖胖的同事 A 上校交给我一份通知书,是马占山将军特别发给所有高级军官的。

看完通知书,我才明白,在我旅行期间,发生了一件大事。

这时候,中国驻俄大使颜惠庆先生早抵莫斯科,中俄已正式复交。双方会商结果,对我们这批从东北撤退的人,决定作如下措置：

一、所有士兵及中下级军官一万余人，由俄境转新疆地区归国。

二、所有上校以上高级军官，由托木斯克搭火车赴莫斯科，转波兰，再经德国、瑞士到意大利，乘海船回国。

三、所有高级军官眷属，搭火车赴海参崴乘船回上海。

两星期后，中下级军官与士兵及其眷属们，将由数名高级军官率领，先后出发。我们这一批高级军官，须于四日内摒挡一切，准备启程。换言之，除今天外，我在托木斯克只能再逗留三天了。

"好了，吃了好几个月的苦，这一下出头了，可以回国了。大喜事！大喜事！"A上校满面笑容，右手连连摸着黑板刷胡子，向我嚷着。

"是的，这是喜事，喜事！……"

我昏头昏脑，对他苦笑着，连自己也不知道说什么。我随即跑到马占山将军那里，谈不几句，就知道这个通知书是确确实实，一点也不虚假。过去，好几次曾有这种传说，现在，总算证实了。

马将军瘦脸透出红光，他向我祝贺：

"将来回到上海，你们韩国临时政府在那里，你可以大展抱负了。"

他这几句话，我一点听不进去，就是听见，也不知道他在说些什么。

出乎他意外的,我仍然站在他面前,坚决的道:

"总司令,四天内,我不能走。请您准许我:两星期后,随大部队由新疆方面回国。"当时马是东北各路义勇军总司令,我们全都这样称呼他。

"什么?"马似乎不相信自己耳朵。

我毫不犹豫,又复述一遍刚才的话。

"你疯了!"

我不开口,用沉默坚持自己原意。

"你坐下来,好好谈谈。你这是什么意思?"

我临时编了个借口,说那一万多士兵中,有少数是韩国人,他们全是韩国独立革命的骨干,我不能离开他们。

实际上,我却企图拖延时间。有些事,在四天内,绝对办不成,如能延迟到两个星期,倒有可能会办成。再说,要在总共不过一百几十名的高级军官群,硬把她们母女塞进去,那根本是做梦。

听了我的说词,马将军一向有点高傲的瘫脸,露出诙谐的笑容。他摸了摸向两侧倒垂的浓胡子,锐利的望着我。

"林上校,在我幕僚里,你一向是个智勇双全的高级参谋。临到自己头上,你怎么倒胡涂了? 你难道看不出来,新疆现在已经属于俄国人势力范围,他们坚持这一万多人从新疆回国,不走海参崴这条路,就为了想把他们留在新疆,给地方添资本。那些少数韩国籍士兵,你还指望他们有朝一日再回东北干革命吗?再说,那些中下级军官,我也顾不了啦,我们此刻是寄人篱下嘛!只

208

有他谋的,没有我们说的。能够这样,已经很不错了。当初如果俄国严守中立,不让我们撤退,今天我们还能存在吗?至于带队的几名高级军官,可能会给我们一点面子,让他们自由回到南京,但也很难说。你想夹在里面,难不成一定非和自己过不去?我是器重你的干才,将来还想借重,圈定名单时,才决定要你和我们一起走,旅程又快,又舒服,还可以游览德国、瑞士和意大利哪!只要仔细深思一下,你会觉得,你刚才想法多荒唐!"

马将军这一番大道理,说得我哑口无言,我还想解释几句,他已经从椅子上站起来,果断的挥挥手,坚定的道:

"话说到这里为止,我们不必再谈了。你是个军人,你明白:服从是军人第一天职。最高统帅部作出的决定,没有特殊意外,不会随便改变的。还有四天时间,你回去好好收拾行李,料理私事吧!"

我直冲到大街上,几乎想狂喊:

"这是谋杀!……这是谋杀!……"

是的,一点也不错,这是谋杀!杀死一个无辜的纯洁灵魂!

杀死我自己不要紧,万万不能杀死她。这比一般犯谋杀罪更可怖好几倍。通常,被杀者死亡前,几乎没有什么痛苦。但这样一种谋杀,死者将先受到无法形容的痛楚。

究竟是谁谋杀她?是这个国家?是樱花三岛?是我的祖国?是中国?是颜惠庆?是马将军?还是我自己?这许多因素,各都有点份。当然,我要负最大责任。可我居然想逍遥法外,要远远逃遁了,我的同事们还说这是一种幸福的"解放"哪!

可我怎么办？怎么办？

疯狂的乱想着，急促走过一条街又一条街。一小时后，我看见我和她第一次谈笑风生的空间：欧拉凡斯特大街拐角那家咖啡馆。它明亮的大玻璃窗，似乎出现她微笑的蓝色眸子，鹅蛋形的白脸。我开始冷静点了。不行，我再不能浪费时间了。每一秒全是一个拯救她——也拯救我自己的机会。

我脑际浮现李杜将军的胖胖脸孔，胖胖身材。这是一位和蔼的将军，素日和我最谈得来。在东北时代，我起先虽是苏炳文的幕僚，当苏的部队与马李军队会师且合作后，我成为马李苏三将军联合统帅部的军官。平时，以李最器重我、关心我，过一段时候，总找我去谈话。病急乱投医，此时此刻，我的茫茫痛苦的天空，他算是唯一的星光了。

我立刻折回收容所。

"副座！"我向李杜将军行了个军礼，这时他是副总司令。

他回了军礼，要我坐下。

"怎么，你身体不舒服？你脸色怎么这样苍白？"他慈祥的眼睛瞄瞄我，有点诧异。

"是的，不大舒服。"

我四下一望，见室内无人，立刻"扑通"一声，跪在他面前。

"副座，求您救救我！救救我！"我满脸是眼泪。

他大吃一惊。"发生什么事？有话好好谈。站起来，坐下来谈。"

形势实在急迫，我也顾不得许多了。源源本本，我把和奥蕾利亚的交往，扼要叙述一遍，又谈到两小时前和马将军的一幕。

210

"我必须带她一起走,否则,她非死不可;至少,也要痛苦一辈子,我等于犯谋杀罪。……求您帮帮忙,救救我!"

老将军听了,先前紧张的脸上,开始露出笑容。这片笑容,倒不是说他不同情我,而是表示:他终于恍悟真相。从他看来,这比他原先设想的要轻松得多。

"哦,孩子!又是女人的事。年轻人总是这些事。我还以为你真闯下什么大祸呢!"他的语气缓和下来。

"可这比闯大祸更可怕。"

"不,这并不可怕。你是太感情用事了。对我们这些老军人说来,这总不像整个东三省丢给日本人那样严重吧!"

虽然无意的,他这最后一句话倒确确实实将了我一"军",我几乎无词以对。

"孩子,听我说。"他和蔼的看着我。每当谈得最投机时,他总爱称我"孩子"的,仿佛我是他的儿女。"我虽然是个老粗,可我完全理解你的情感,你的心绪。你们韩国人全是热血男女,在战场上如此,在生活中也如此。不过——"

他停顿一下,沉思的思索着字眼,——因为,他明白它们将对我可能产生的影响——终于,一个字一个字道:

"你所策划的那一套,行不通。我知道,在战场上,你是个好参谋,智勇双全。在这种事上,你可不是,你是勇多于智,逼得走头无路①了,才想铤而走险。"

---

①走投无路。

211

他像一个战略家,对我分析全局。

他认为:即使这一万多士兵从欧洲或由海参崴归国,我那套办法,也行不通,不用说取道新疆了。首先,一天未离这片国土,说客气点,我们是客人,说不客气点,我们全是高级阶下囚,没有多少自由留给我们。万一他们发现我这个拐逃计划,不只我和她们母女遭殃,连全部人马,包括马李苏三位统帅,多少也要受点连累。不说别的,单讲这种牵连,(我应该了解这个国家目前到处弥漫的严厉气氛,)我就绝对不该拿国家民族大局作赌注,企图赢得个人私事的筹码——更何况是这样一种私事?在民族利益男女私事之间,孰轻孰重,几乎连三尺童子也了如指掌。像我这样一个忠于祖国独立事业的革命者,怎么竟连这点道理都不明白? 其次,若要人不知,除非己莫为。一节火车要载运一百几十名士兵,母女分藏二处,就有近三百个人知道。只要一个泄漏,全局皆非。现时代的俄国人,不比沙皇时代,作风异常严肃,肯定会派人到各节火车搜查,并不难查出这两个女扮男装的波兰人。如到新疆,除了火车,还得乘大卡车,甚至要徒步行军,想保密,是更难了。

上面仅就常识分析,如果更深一层解剖,问题就更复杂了。

"我不想多分析了,孩子,你自己想想吧!我完全是出于同情心,才这样和你细论一番。我若作为你的严格首长,根本就不会考虑它。"

说实话,这位老将军,确实是向我推心置腹,说出肺腑之言。听了他的剀切陈词,我还能说什么呢?

"孩子,拭干眼泪,好好准备和我们上路吧!男女的事,免不了要动感情。可是,只要一离开这里,你的想法就会改变,她的想法也会改变,事情绝不会如你想的那么严重。天下男女相爱的,何止千千万万,真正双双情死的,并不多!我希望你以祖国为重,以革命为重。不要忘记你的三千万同胞,还在水深火热之中,我的四万万同胞,也正面临着你们韩国民族的命运哪!"

最后,他看看腕表,轻轻摇摇头,又叹了口气,结束他的话。"快吃午饭了,你应该去吃饭了!"他沉思的望了我一眼,又加了几句:"希望你好好考虑我的话。记住:对我们这些人说来,这个世界只是个荆棘园,却绝不是玫瑰园。"

天知道,我会想到吃午饭?

我没法再听下去了,也无法再说什么了。像一个彻底战败了的士兵,我垂头丧气退出来。可是心底里,我却感谢他对我的诚意关怀。

又一次,我走在大街上。这一回,却不是急匆匆的了,我沉思着,慢慢踱着,漫无目的。

【十九】

分离是命定了。没有什么能改变这个。在这个命定之前,人力现得可怜的脆弱。

我躺在床上,浑身抖颤。

身子睡着,心醒着。

有好几次,我想立刻跑到她那里,把真相告诉她。这一念头非常强,我几乎马上想冲出去。但是,我旋即抑制自己。我不是不敢去看她,而是没有勇气摧毁她的梦想。天可怜见,今天早上,我们还在招待所的枕边说傻话哩!她笑着问我:"爱,如果我们有一个孩子,给他起什么名字呢?"我笑着说:"如果是男的,就叫托木斯克。如果是女的呢,就叫奥蕾利,好不好?"她笑着问道:"你希望是男的,还是女的?"我说:"我愿意是女孩子。如果是女的,她一定长得和你一样美。这样,我身边就有两个奥蕾利亚了:一个是大的,一个是小的。"她说:"只要你愿意,我给你带来两个奥蕾利亚,三个奥蕾利亚,甚至四个奥蕾利亚,好不好?"我说:"好!好!越多越好。我巴不得全世界十九万万人都变成奥蕾利亚哪!"她听了,大笑,伏在我怀里,连眼泪都笑出来。

天可怜见,她此刻一定还在温习这些好梦。在她心里,充满了玫瑰与幻想、春天与阳光。这颗心像羔羊一样的纯洁、绵软,我怎忍心举枪把它刺破?

让她今夜再做一夜好梦吧!

我又想:最好不告诉她这消息,悄悄走了,也好。

但我旋即谴责自己,隐瞒她只是一种自私。即使我不能目睹她的痛苦,但想象中的她的痛苦所给予我的折磨,一定更可怕。两个人在一起,虽然更容易引起痛苦,究竟可以共同分担。如果是孤零零一个,这种突如其来的刺激,非使她发疯不可。

我决定:明天下午去看她。

这天中午与晚上,我没有吃一粒东西,也没有喝一点水。

我一夜未能合眼,不断流着眼泪。一种说不出的火燃烧我,我感到自己的神经在一点点迸裂。

天快亮,脑子疲倦得如一堆泥,终于矇矇眬眬[1]的睡了一小时。这其实也并不是睡,而是神经质的噩梦的连续,我不时无端惊醒。

---

[1] 蒙蒙眬眬。

第二天,我只喝了一点水,仍没有吃东西。奇怪极了,我的胃似乎很饱,如塞满了空气的皮球,不能再塞进一点食物了。

下午四点多钟,我下了最大决心,去看她。

唉,朋友,我怎能向你形容:我是怎样走到奥蕾利亚那里去的呢?

我似乎不是在走,而是被一种微小而又神秘的力量推向前去。我这时的神情,是梦游者的神态。这个,别人可能看不出来,我自己却知道得清清楚楚。

我半梦半醒的到了奥蕾利亚那里,大门并未严扃,我推开了。她母亲不在。楼上有"吉他"声。她正弹着一支活泼轻快的华尔滋②舞曲,像许多只百灵鸟在飞在唱。

听见这片快乐的音乐,我的眼泪泉水般流下来。

但是,当我走上楼梯时,我下了一个决心:必须镇定,必须清醒,这并不是为了我自己,是为了奥蕾利亚。

我拭干眼泪,登时振作起来,人也清醒坚定得多了。

刚走上楼,"吉他"声没有了。奥蕾利亚蝴蝶似的飞过来,扑到我怀里,紧紧拥抱我,热烈的吻我。她紧贴住我脸孔,笑着道:

"今天傻想了半天,如果我们有一个女孩的话,奥蕾利这名字还是不好。我想到一个好名字了。你猜猜是什么?"

"我猜不到……"我有点哽咽,无法说下去。

"傻孩子,怎么猜不到呢?就是你自己的名字啊!'林!'是的,

---

② 现多译为"华尔兹"。

我一定叫她'林'！这样,她象征了我们的结合,你说好不好?"

说完了,她又笑着吻我。

刚吻了一下,她忽然怔怔道:

"啊,你的嘴唇为什么这样冰冷?"

她放松我,凝立在我面前,瞪大眼睛,详细的端详我,吃了一惊。

"啊,你的脸怎么这样苍白?你瘦了!昨天早上还是好好的,怎么一天你就变瘦了?——你不舒服吗?"

我摇摇头,说不出话。我想尽量抑制自己,却无法做到。一颗晶莹的泪珠流到颊上,又慢慢的滴落到地上。天知道,我是化尽多大力气,才强忍住的,可我终于泄漏了。

她一把搂住我,把我拥到怀里,用热热的脸偎贴我的发冷的脸,像姐姐对待小弟弟似的,用最温柔的声音安慰我道:

"爱,你受了什么委屈么?你心头有什么难过么?告诉我吧!告诉最爱你的奥蕾利亚吧!只要她能为你尽力,她一定尽所有力量,甚至她的生命。……她是你的爱,也是你的妻,你不应该把心里的一切告诉你的妻子么?唉,告诉我吧!告诉我吧!"

她一面说,一面温柔的抚摸我的肩膀。

我说不出话,只能让眼泪一滴滴的流下来。我先前的决定完全推翻了。我再无法控制自己。

她不断抚摸我,问我,见我不答,不禁急了。她带着嗔意道:

"林,你再不说,我真生气了。"

接着,她又后悔自己发嗔,紧紧抱住我,用最温存的声音向

217

我道歉：

"爱,饶恕我吧,我实在急了,才向你说出这样不近情的话,饶恕我吧,不怪我吧！唉,爱啊！你究竟发生了什么事？你为什么只流泪,不说话呢？ 你这样子,叫我表示什么好呢？唉,亲亲,我的亲亲,我向你哀求了,告诉我吧！……告诉我吧！"

说着说着,她也急得流泪了。

山洪终于爆发了,我再也无法克制自己,便放声大哭起来。

她见我这样,不开口了。她把我扶到一张椅子坐下,愣愣站在一边,望望我,又低头沉思。一个新的启示如一条蛇,慢慢爬到她的思想里。像一个发现自己已面临悬崖边缘的骑士,一刹那间,一座意想不到的深渊呈现在她面前。

她对我望着,想着；望着,望着,陡然像发现大秘密似的,她狂笑起来：

"哈,哈,哈,哈,哈,哈,哈,我明白了！——"

这笑声是森人的、可怕的,直像传说中的深夜厉鬼的惨笑。听到它,一个人不颤栗,几乎是不可能的。

就这样,她的狂笑声与我痛哭声合奏着,……

听到她的笑声,奇怪,渐渐的,我的哭声停止了。

我沉静的站起来,把她抱到身边,哀求道：

"奥,你现在大约也明白了。……我求你：别再笑了。你把我的心撕碎了。……"

她回过脸来,不再笑了,脸上充满眼泪。她的眼睛现出一种奇异的光彩,这种奇彩,我在它们里面从未见过。这是仇恨的光

辉,也是愤怒的光芒。她并不放声哭,却让眼泪静静在脸上流。她很抑制的轻轻道:

"我答应你,我不笑了。"

她突然握紧拳头,狠狠在空中挥舞了一下,如母狮子似的,用一腔雄壮而尖锐的声音狠狠喊道:

"要来的让它来吧!是地狱、是炼火,是雷霆、是风暴,是魔鬼、是洪水猛兽,都来吧!都来毁灭我吧!把我撕成粉碎,把我磨成一阵阵尘沙,随阴风团团转吧!把我分裂成千百片,辗成粉末,随海浪滔滔滚没吧——我的心反正早已流出最后一滴血了!再也没有什么更可怕的了!"

我用吻遮盖住她的红嘴,不让她再说下去。

她沉思了一会,脸上仍闪烁着泪光,有点颓然的问我道:

"就离开托木斯克吗?这么快?"

"还有四天,我们将由莫斯科转波兰、德国、瑞士,到意大利搭船归国。"我有意多说了一天。

"哦,经过波兰!……"她轻轻把"波兰"这个字念了好几遍,好像是念自己母亲的名字。

她忽然又傻笑起来,一面笑,一面抚摸我道:

"傻孩子,干吗难过呢?……不还有四天吗?四天有九十六个小时哪!如果我们把每小时当一年,不还有九十六年,尽够我们乐的吗?……来吧,每小时还有六十分,有三千六百秒哪!……"

她的双手又环抱住我,它们却抖颤得厉害,也和我的手一样,冰凉。

夕阳从窗外软软的射进来，光彩很红，红得哀凉。天空再听不见鸽铃声。燕子的翅影已消失了。几只白嘴鸦在树桠间叫噪着。春天的傍晚是温柔的、迷人的，但春寒特别刺人，似给人神异的警告。

这以后三日，连我自己也不知道是怎样过去的。它们是飞得那样快，快得可怕，简直像三秒钟。如果一个人毕生都是过得这样快，那么，一切全很简单了，一百年也不过像一天，既不会有所谓"快乐"，也不会有什么"痛苦"。

这三天，我们全部消磨在一个旅馆的房间里。这是托木斯克全城旅舍最大最华丽的一个房间。我在黑市卖了自己的三两金子，预付一笔款子给帐房。我准备作最后一次挥霍。

奥蕾利亚向学校请了四天病假，决意把这整整四天献给我。她的病假很容易就请准了。这时，她脸色原已现出病态。她的心是深深病着。

这三天，她似乎有意要把她生命中所有的残余热情统统交付给我，一点也不为自己剩下。几个月来，她原已在我身上挥霍了一笔极巨量的热情。但她认为还不够。她要在这三四天中，把她这一生所残剩的几十年热情、一古脑儿透支个干净，连皮带骨一起消费给我。她用这种野蛮方式来消耗自己热情，已不是一个情人的风格，而是赌徒的方式。她像一个疯狂的赌徒，一刹那间，把口袋里所有的钱都捧出来，作孤注一掷。不过，她的赌法并不一直是激动的、骚嚣的，像一般呼吆喝六大声吵闹的赌徒一样。起先，她像一只饿兽，接着，她的赌法安静了、平和了，

220

也可以说,她真正懂得赌了。

第一天,一切是最疯狂的,最激动的,也是最沉痛的。热情热得像我们那样,已不是人间情热,而是地狱的热情、魔鬼的热情、最最悲惨的热情——惨得叫人不忍回忆。这一天,我们什么也不吃,两个人只是抱着哭。一面哭,一面说。也不知道哪里有这么多的眼泪!也不知道哪里有这么多的话!也不知道哪里有这么多的兴奋,这么多的感情!一个人要是一直像这样哭、说、兴奋、感情,过不了五天,就会活活把自己烧死的,好像爆发的刚果火山把自己的躯体烧成焦土一样。

她在我怀里滚动着、抖颤着、呓语着,像害热病似的。她似乎连泪带血以及五脏六腑一起要从话语中喷射出来,叫我变成一个血人、泪人。

"啊,林,拥抱我!紧紧拥抱我!要紧紧的!紧紧的!紧紧的!……我冷!我冷得很!我冷极了!快用你的身子暖我!快用你的心暖我!快用你的眼泪暖我!嗯,你就是我的火!我的火啊!……离你就是离火,我冷!"

"啊,林,我喘不过气了,你的臂膀叫我喘不过气了!用力吧!用力吧!我真愿就此——一口断了气!让你的臂膀和身子变成我的坟墓!"

"啊,林,在你的臂膀里,在你的火焰里,我像蜡烛似的要溶化了,溶化了!……,让我溶化吧!溶化成一片泪水吧!"

"啊,林,你要走了!你走,坐火车、坐船,过地中海、过红海,啊,红海!那儿多热啊!经过那儿,你会不会还记得我身上的热?"

"啊,林,你干吗不说话呢？ 我怕,我怕静！我怕啊！……说啊,爱的,只说一句,只说一个字,说一个最热最烫的字,一个像炼火一样的字,好把我活活烧死！让我在你的热情的火焰里来一个火葬！"

"啊,林,亲我吧;爱我吧！疼我吧！宠我吧！想我吧！拥我吧！吻我吧！杀我吧！吃我吧！喝我吧！打我吧！骂我吧！把我碎尸万段吧！把我压榨成碎粉吧！都好！都甜！都美！只要是你加给我的,即使是叫我喝毒药,都好！都甜！都美！……"

"啊,林,再吻我一次吧！再亲我一次吧！我要在记忆里预储起一堆极高极高的吻。你走后,我好慢慢的温习、咀嚼、回味！……"

"啊,林,爱我吧！享受我吧！玩我吧！把我玩个够吧！把我像妓女一样的取乐吧,玩个痛快吧！不要辜负我的火、我的热、我的美丽、我的肉体！……"

"啊,林,把嘴唇放在我眼睛上吧！像酒杯注酒似的,让我所有的眼泪都注入你的酒杯里,你要一口口喝下去,一滴也不要剩！这是生命的酒,有酸、有甜、有苦、有辣、有咸,什么都全。你得从这酒里慢慢尝味我的思想、我的梦、我的感情！……"

"啊,林,你走了,我每天依旧要到收容所门口去。我要在那儿徘徊又徘徊。从清晨徘徊到黄昏,从黄昏徘徊到月出,从月出徘徊到月落,徘徊到天明！……那时,你的身子或许在波兰原野上,或许在多瑙河畔的丛林边,或许在瑞士的山间湖滨,或许在意大利的蓝天下,或许在地中海,在中国——那时,你能想起有一个人在收容所附近徘徊流泪吗？……"

"啊,林,给我大风!给我天雷!给我闪电!给我瀑布!给我火山!让大风刮死我!让天雷打死我!让闪电殛死我!让火山烧死我!让我变成一堆灰、一阵风、一团空气,永远追随你、陪伴你!……"

"啊,林,我的爱,可怜我今后只孤孤单单一个人留在托木斯克,我会像孤鬼游魂似的活下去。如果是黄昏、月夜,叫我怎么忍,又怎么敢睁开眼睛看看这个世界?……"

她说这些话时,当时的情形,我只能用四个字来形容一切:惨不忍睹!

在昆虫里,有一种,是专门靠吃自己身体充饥的。我们现在正是这种昆虫,在吃自己时,虽然感到肉体的痛苦,却又满足了饥饿欲望。

这时候,她浑身发烫,脸孔红得像火,眼睛像两只将沉落的光团。她的面部表情,似一块被烧得通体透红发亮的炭,灼人极了!我抱着她,似乎抱了一团火,一块炭,我只有一个感觉,烫得可怕。从自己身上,我仿佛嗅到一股被烧焦的气息。

有些人主张爱名、爱钱,或者爱自己,但千万不要爱别人。这实在含有一部分至理。你如果要彻底爱一个人,那实在是可怕的。比炼狱还可怕!如果是爱到极端,那不但不美丽,并且还极其难看。真理是难看的、骇人的;真爱也是难看的、骇人的;这一层,我此刻完全明白了。

我答应她,用嘴唇啜干她的眼泪,像啜白兰地酒。但哪里啜饮得干呢?旧的还没有饮完,新的又流出来了,她的眼睛简直是两口不竭的酒泉,我呷着、饮着,分不清啜饮的是她的眼泪,还是我自己的。

夜间,我们无法入睡。她的激情虽然稍稍平抑下来,但面孔显得有点狠毒而粗犷。她的悲哀似乎转变成仇恨。好几次,她披头散发,从床上坐起来,恶狠狠的望着我道:

"我恨你!恨你!恨你!恨你!我要剥你的皮,吃你的肉啊!"

说着说着,她就用手掌击打我的脸,用手指撕扯我的头发,用牙齿咬我的嘴唇。我的嘴唇给她咬破了,一滴滴血慢慢流下来。

我不开口,忍受着,反而用最温柔最和善的眼睛看她。

她看见我的眼光,瞧见我嘴上的血,抱着我哭了,立刻求我饶恕,说了不只三十遍。

第二天,她比较安静了点,话也少了点。她只是不断哭,又不断笑。她哭一阵,笑一阵,纯粹是歇斯底里亚式的。她脸上的火焰颜色已转成苍白色,眼睛的光色异常阴暗。

中午,我们勉强进了点饮食。还是我拚命强迫她,她才吃了一点。我自己已两天半没有正式进食了,感到体力支持不住,今天起,才开始用了点早餐。

餐后,我返收容所料理私事。明晚六点,我们搭快车往莫斯科进发,我不得不和同事们谈几件必要的事。

两小时后,我回到旅馆,她正在写东西。

她见我来,不写了,突然把一张纸条交给我。

我接过来,看了一遍,这是一首未写完的诗。看完了,我止不住流下泪。

只有下面三句：

你舍得把爱你的奥蕾利亚，
丢在这白熊乱舞的北极冰雪里，
独自走向开遍柠檬花的南国？
……

我一面流泪，一面产生一个极奇怪的欲望：想唱歌！是的，我必须唱点什么，我必须大声喊几下，否则，我实在受不了。于是，我开始唱一首韩国最流行的民歌，叫作《别离曲》，把她这首未完成的诗当作歌词。这是我第一次在她面前唱歌，也是最后一次。

除夕夜里，我在落雁峰唱的那首歌，就是这个。

唱完第一遍，打算唱第二遍时，我的嗓子哽咽了。我再唱不下去了。

这一晚，她似乎太疲倦了，不禁昏昏睡去。我却一夜没能睡，睁着眼，一直定定凝视着她的又美丽又瘦削又苍白的脸孔。两天来，不管它的变化怎样大，我不仅依然如此熟悉它，而且，笔直穿透它的表皮层，贯入它的深刻核心。可我知道，这是我和她在一起的最后一夜了。这一夜以后，我们中间，将耸立一座万里高墙，永远把我们分成两个世界。我痴痴望着她，并没有一滴眼泪，我的眼泪似乎已经干了。

她虽然睡着，却不时惊醒，一醒，她就歇斯底里亚的紧紧抱住我，喊道：

"啊,爱,我在哪里呢?……没有什么阻隔在我们中间吧?……没有什么召唤你吧!……"

"啊,爱,晚风为什么吹得这样悲惨呢?……"

"啊,爱,夜游鸟声为什么响得这样凄凉呢?……"

"啊,爱,爱,看我呀!……为什么不看我呢?……"

我只好紧紧抱住她,藉吻为她催眠。

天亮时分,我实在支持不住,终于昏昏沉沉的睡着了。

当我醒来时,阳光满屋。看看表,已近中午了。我吃了一惊,正想坐起来,她走到床边:

"林,你再睡睡吧,还早,你太倦了!听我的话,乖乖的,再躺一会。"

她像母亲对孩子似的,把我刚抬起来的身子又按下去。

她的神色是这样安静,我不免又吃了一惊。望望那边桌上,她似乎又写了一点什么,我才放下心来。我只愿她多写一点,这样,或许可以把她的感情转移开去。

不久,我起床了,我看到她的三首诗,字迹很是草率,证明她的心境仍不大宁静。它们都没有题目,我却特别欢喜第三首,内容如下:

　　一个冻死的尸体躺在风雪中,
　　一个孩子经过时,
　　　他大声哭泣着。

一个冻死的尸体躺在风雪中，
一个青年经过时，
他悄悄流着泪。

一个冻死的尸体躺在风雪中，
一个中年人经过时，
他皱皱眉头。

一个冻死的尸体躺在风雪中，
一个五十岁左右的人经过时，
他微笑着。

一个冻死的尸体躺在风雪中，
一个白须白发的人经过时，
他望也不望就走过去了。

  看完这首诗，我轻轻叹了口气，没有说什么。我还能说什么呢？

  说也奇怪，这一天，她竟平静了。她不说一句话，一直沉默着。她既不流泪，也不狂笑，也不抱我，也不吻我。她对我似乎有点冷冷的。但她其实又不完全是冷冷的。她不时温柔的用手抚摸我的头发，我的肩膀。最后，她把我的帽子拿在手上，一遍又一遍的抚摸着，抚摸着，仿佛整个生命都寄托在上面。

起先,当我强迫吻她时,她嘴角总露出一丝苦笑。她既不热烈凑过来,又不冷淡拒绝,她只听我摆布,好像一个机械人。长吻以后,她不发一语,傻傻的愣愣的瞪着我,瞪了好一会,才又长长叹了口气。

最后,当我强迫长吻她后,她连叹息都没有了。她只怔怔的望着我,好像不认识我。望着、望着,终于似乎又认出是我了,她的嘴边不禁浮出一丝苦笑。

这时,她的脸色苍白极了,像一朵凋落的白蔷薇。她的眼睛极其阴郁,像一大片森林的阴影铺成的。在她面庞上,有一种异常阴惨的瑰丽,一种黑暗的甜蜜。她的表情从未显示过这样的温柔。它只在绝食一个月以后的印度人的脸上才有,是一种令人真想匍匐下去祈祷的温柔。

她陷入一种深深的沉思中。

她的姿态叫我想起睡火山,溶岩①还在地腹底流转,但表面看不出来。一种疯狂的情绪纳入和平中,犹如酝酿着巨大暗流的平静海面。

她这种情形,我能说什么呢?我能表示什么呢?最后的时辰既然已经近了。

我只能给她写下两个通讯地址:一个是驻意大利热那亚的中国领事馆,一个是上海法租界韩国临时政府的秘密通讯处。

她送了我一张放大相片。在它后面,用抖颤的字迹题了下

---

①熔岩。

面一行字：

"曾经为你交付出她的一切的！"

四点欠十分,我告诉她:暂回去办一件事,六点钟,再回来和她共进晚餐。

我用全力抱了她一下,和她作了一次长吻,面对面,对她充血的蓝色眼睛作了最后一次长久注视,一个又发抖又深情的注视。像一尾白鲸吸海水似的,我仿佛要把她整个形象鲸吸到我血液里。我感到她浑身在颤栗。

三分钟后,只听见一阵脚步声响在楼梯上。

晚上六点钟到了,我们已被火车带到托木斯克的五十里外。我们的车子正向莫斯科前进。

这时候,代替我本人,应该有一张短短字条送到这个波兰少女手上。

它只有下面几句话：

最爱最爱的奥：

我走了,不再回！我一万句话只并作六句话向你说:我永远爱你！我一定给你信；请为我向你母亲致谢！请为我多多保重你自己！我的心永恒属于你！永恒只属于你一个！

你永恒的爱人——林

这一夜,望着车窗外的黑暗原野,我哭了一整夜。

【二十】

四星期后,当蔷薇花与玫瑰花开得灿烂的时候,我们这一批东北军官,由德国搭火车经瑞士到了意大利,终点是海口热那亚。在热那亚湾里,将有海船把我们带回东方。

开船的那天中午,当地领事馆转给我一封信:信皮白色,字迹娟秀,信的分量很沉重。

其实,我不用看信封,就知道这是谁的信。

这时,我们正忙着上船,我颤巍巍的把信放在口袋内。我很昏乱。我现在不敢拆开它,我必须让自己平静一下。

我装出忙乱的样子,跟着大家搬东西上船。我特别显现得卖力,几乎是帮每一个人运行李。我尽可能找琐碎的事做,不敢让自己闲,更不敢让自己想。

好容易大家全上船了,午后三时,船启碇了。

在船上,我和大家拚命闲谈,我从没有和人说过这么多废话。闲谈了许久,又听音乐,并且陪几个会讲俄语的德国女子跳了一阵子舞,把自己弄得有点筋疲力竭。我几乎忘记口袋里还有一封重要的信。

但我终于没有忘记它。

夜深了,将近十二点。船在力古利安海中悠悠行驶,海面谧静。这是一个大月流天之夜,一轮满弦月亮闪闪的升入中天,又华丽,又庄严,好像一个银色女王徐步升入银色宝座。天空纯洁,似一片新出窑的淡青磁器,滴溜溜圆,舒展入无极无限,散缀一些晶晶斑点,是星星。在白色月光与青色天光里,整个大气层是发酵了,比新焙的面包还轻松、甜柔。奶色月光闪耀海面,仿佛有无数条小闪电在跳动。海很温柔、平和,似已熟睡,睡得像个女孩子。这时候,乘客们也都熟睡了,只有我一个人剩在甲板上。

力古利安海上的五月的月夜真不是夜,是一种青春,一种狂想,一种享受,一种诱惑。它是上帝的夜,也是魔鬼的夜。这白色的夜竟美丽得呻吟起来,……

我倚住栏杆,从口袋内取出信。

我于是想起,在柏林、在日内瓦、在意大利,我先后给过她几封信,是出乎意外的短。我没法写下去。每一次,才提笔,我就哭了,很难写下去。那不是钢笔,是剑;不是一笔笔写,是一剑剑刺戮我的心脏。我只得草草结束。那些被眼泪染模糊了的字迹,她如果见到,完全会明白我当时的情景。信中那些匆匆的话,大约也前言不对后语,说明我的狂乱心情。只要一意识到自己是和她正式对话,一想起她,我就不能不发疯。上帝知道,这四个星期来,我过的是什么内心生活?……

现在,未拆开信以前,我作了一次深深的呼吸,把一大片海风吸入肺叶内。

我庄严而缓慢的拆开信,拆得很慢很慢,好像不是拆信,是拆开一个人的肉体。

出于意外,信里面,除了一张白色信纸以外,还附有一封灰色信。我打开信纸一看,这竟是奥蕾利亚的母亲的信。

敬爱的林先生:

这真是一件最不幸的事,昨天午夜十二点多钟,我的女孩子奥蕾利亚自杀了。在她的遗书上,只吩咐了一件事,就是:把这封灰色信转给您。现在,我遵照她的遗言,把它寄给您,希望它能安全到达您手里。

先生,您知道,我的晚年幸福全部寄托在她身上。您可以想象得到,这件不幸事,对我是一个怎样致命的打击。假如您在这里,我相信,这件不幸事是不会发生的。但我不怨您,一切都是天主安排定的。我只有祈祷她在天国平安,更祈祷天主降福于她。我的心现在乱极了,不能再写什么了。请原谅!

看完信,我浑身直抖。我仿佛看见这个笃信天主教的老妇人正跪在地上做弥撒,祈求上苍保佑……

我深深喘了口气,立刻拿起那封灰色信。信封上有我的名字,字迹是抖颤的,好像患了恶性疟疾。我热烈的吻了吻这些熟悉的字迹,匆匆撕开信,最先跳入我眼帘的,是一束白头发,大约有四五十根。我怔住了。我紧紧把它握在手里。接着,我连忙看信。但里面并没有信,只有一张灰色大纸,像一张对开报纸那样大。我打开了,上面什么都没有,所有的只是一大片阴暗的灰色。我不相信这仅是一张空纸,便把眼睛凑上去细视,渐渐发现一些字迹,但很迷糊。淡青色的月光,不能照明灰纸上的黑色字体。我于是跑到一盏路灯下,在明亮的电光下,我终于瞧清楚了,满纸横一行竖一行的,只涂写一个黑色俄文字,它就是:"黑暗"!这些"黑暗"的字迹抖颤极了,也潦草极了,它们像一条条病蛇,盘旋于灰纸上,表现出一种骚乱、疯癫。人会想象,以为这些声音是从一只濒死的疯兽嘴里吐出来的。我满纸的找,希望除"黑暗"两字外,还能有其他的字或句,但乍一看来,什么也没有。纸上到处只写这两个字。如果要统计一下,这张灰色纸上所写的"黑暗",少说也有二三千以上。但我不相信,除了"黑暗"二字,就没有别的字。我耐心在这些横七竖八的潦乱字迹中搜寻,最后,我竟在一个角落上找到了。在密密麻麻"黑暗"所包围的一方小空间,有下面几行潦草的小字:

"不要问我为什么这样做!不要问我为什么这样说!不

要问我为什么这样惨!不要问我为什么这样苦!不要问我为什么要有这样下场!不要问我为什么……

　　生命不过是一把火,火烧完了,剩下来的,当然是黑暗。但是,我的火并没有烧完,我还有成千成万的火要烧。可悲悯的!一种不可抗拒的力量竟命令我停止燃烧了。我只有用自己的手为自己造成永恒的黑暗。

　　人啊,看吧!这里是四十七根白头发。在你走后的十天中,它们像花样的开在我头上。你要玩味它们的白色,最深最深的玩味。

　　啊,我的亲丈夫!我已经把一切交给你了,除了这点残骸。它的存在,是我对你的爱的唯一缺陷。现在,我必须杀死这个缺陷,让我的每一滴血每一寸骨每一个细胞都变成你的血、你的骨、你的细胞。让我的名字永恒活在你的名字里!

　　我的自我毁灭绝不是悲剧,是我生命中的最后幸福!
　　现在,正是午夜,……
　　啊,夜太可怕了,太黑暗了!太深沉了!啊!我的丈夫!我的丈夫!我的丈夫!你在哪里? 你在哪里? 你在哪里呀? 我怕!我冷!我发抖!快来抱我!快来吻我!快来望我!快来亲我!我怕!我怕!我怕!我怕啊!
　　……时辰近了。
　　表在残酷的响。这是世界上唯一的声音。五分钟后,我就要永久投入你的怀抱了。啊,我的丈夫,你在哪里?你在哪里？你在哪里？你在哪里？

……

……啊！最后的时刻终于来了！……来了！……来了！……

此刻，当我右手执笔在纸上写时，我的左手开始紧握一把明亮的短刀。笔已不能写我的心了。我必须用刀写我的心。我要给你看，我的心是怎样红！怎样热！怎样为你发痛！为你发抖！啊，我的丈夫！你在哪里！你在哪里！你在哪里！你为什么不回来？不回来？不回来看看你的奥蕾利亚的脸孔？最后一刹那的脸孔？惨绝人寰的脸孔？

……短刀举起来了，正对着我的心脏。一滴滴泪水落在刀上！（多甜的泪啊！）我不能哭。我必须鼓起勇气，含笑对你作最后一个请求：——在我们相识第十年的除夕，爬一座高山，在午夜同一时候，必须站立峰顶，向极北方瞭望，同时唱那首韩国《离别曲》。

……永别了！永别了！永别了！……我的最爱的最爱的最爱的最爱的最爱的最爱的最爱的最爱的最爱的最爱的爱！……现在，你永远占有我了！我也永远占有你了！……"

海风吹过来，又吹过去，比绵羊还温柔。我的头发散披于海风中，月光里。

海风吹着、舞着，作着邓肯式的神秘舞蹈。随着海风，船舱内散溢玫瑰和蔷薇的芳香。这些花是人们从热那亚花圃里采摘了来的。但摘花人早已睡了。所有的人都睡了。甲板上只有我一人。

　　我站在月光里,站在五月之夜。月光狂烈的拥抱我,雨点似的从我的头发吻到脚跟,仿佛要用这拥抱与狂吻来毁灭我。我慢慢拿起那四十七根白头发,一根又一根的轮流吻着,不知道吻了多少遍。最后,我把它们和信贴在胸膛上,用我的心跳来温暖它们,仿佛它们怕冷似的。终于,我安静的站着,一动也不动,如一座石像。我既没有眼泪,也没有苦笑;没有痛苦,也没有激动。我变成一种机械,一种矿物。我站着,倾听着,凝视着,不知道是睡是醒,是醒是睡,梦与现实已缠绞不清了。饱和了月光的空间,明洁而光滑,芬芳而富有肉感,真似少女的如花肉体。有意无意的,我偶然慵慵举起手臂,轻轻用手掌抚摸这空间、这月光、这芳香,又不时用嘴唇啜饮栏杆上的凉凉露水,像夏蝉。

　　月光似乎照明了我的思想。

　　海很平静,可以听到它的均匀呼吸,好像是奥蕾利亚的胸脯。船仍在前进,海浪温柔的吻着船身。只有沉重的轮机声突破夜静;这种沉重的声音,仿佛是一种郁怒,一种低吼,一种反抗,……

　　这一夜,我一直兀立栏杆边,在考虑一件事:我是否要带着这封信和四十七根白发去找她?她就在我面前,只要我一跨过船栏杆,就可以遇见她,和她永远在一起了。我相信,她正在海底与鱼群游戏,我也可以参加这种游戏。

　　但我立刻又想起她的话。她还要我等十年,为她办一件事。答应她这件事,实在比立刻找她要苦得多,可怜得多。她向我提这个请求时,大约没有想到,这对我是一个很重要的惩罚。

要真正爱一个人呢,其实也就是接受一种惩罚。我这一辈子被惩罚定了,从小惩罚到老。

黎明时分,我终于决定了:接受她的惩罚。

她是不愿意再演戏了,戏演够了。我呢,自然也演够戏了;但我却还有一个欲望,就是:自己既然不想演了,不妨看看别人演戏。这也是我还想活着的一个理由。

……

今天,我在你面前演了最后一次戏,你现在是把这戏听完了,请千万遵守对我的诺言,不要在报上或杂志上写一个字,那样,对人对己都没有什么好处,而我更会轻视你。我希望,除我自己外,这出戏,只埋葬在你一个人心中,为了维护它本身的尊严。(假如它还有某些尊严的话。)当然,更为了我所深爱的那颗神圣灵魂;有关她的一切秘密,只能也只该属于极少数二三人,如果不能仅属于一人的话。

【二十一】

陌生怪客对我讲完故事,大约已是元月二日凌晨三点多钟。除了吃午餐晚饭时,曾暂时停讲两次,算是休息近三小时外,其余时间,几乎一直没有住口。他一面讲,不时饮酒,汾酒喝完了,就饮庙里素酒。奇怪,他灌下两斤多酒,竟一点不醉。

他说完故事时,我虽感无上妙趣,却疲倦得要命。老实说,他最后还说了一大段话,约略提到十年来的情形,但我已经听不清楚,这时,我早已头晕脑眩,打瞌睡了。我想,他一定是发现我打瞌睡以后,才不讲的。因此,他所说的最后几句话,我只模糊记得是:重复叫我千万不要拿他所说的做文章材料,否则,我就是罪人云云。此外,我还记得一件事,就是:他现在所戴的帽子,就是十年前除夕那夜所戴的。他所穿的大衣,就是和她将离别的几天中所穿的。这件大衣,他从未刷过或洗过,因为上面曾经留有她的眼泪、抚摸、热吻,与拥抱。

关于他所提起的十年来的生活,我如果一定要勉强搜索回忆,依稀记得下面一段话:这似乎是他多年在人生大海中翻滚挣扎的一点收获,一点结晶。

他用深沉的大眼睛,疲倦的望着我,带着无穷的沉思意味道:

"在生活里面,你常常可以碰到一种不可抗拒的神秘阻力。这种阻力,你年轻时,还不见得怎么沉重,有时候,只要你咬一咬牙关,摇一摇头,说一个'不'字,它似乎就退开了。但是,随着你的年龄增加,额上皱纹加深,它一天一天变得强大起来。到了最后,你连摇头说个'不'字的勇气都没有了。不,不是没有勇气,是没有兴趣。年轻时,你觉得这种摇头是可赞美的。中年后,你感到这是可笑的。终于,你承认它是一种坚不可拔的存在。它像神话中的狮妖,砍掉它的脑袋,它的第二个脑袋立刻会长出来。砍掉第二个,还有第三个,第四个,第五个,……这种滋味,一个年轻人是体味不出的。必须等第一根白发出现在头上的时候,你才能开始咀嚼。我和奥蕾利亚的一段悲剧,只不过叫我提早体验这种滋味罢了。此后十年,它一天天加深加重,压得我喘不过气。我终于明白:愈是认真追求幸福的人,愈不容易得到幸福。倒是并不怎样追求它的人,它却时而在他的身边团团转!而且,真当幸福在你身边时,你不一定知道。等到你知道时,它常常已消失了。"

说完这段话,他深深叹了口气。

元月2日上午十一时左右,我醒了。睁眼一看,那位怪客不见了,我自己竟已躺在丹床上。从枕边,我只看到他留的一张纸条,上面只有几句话:

朋友:
　我的事办完了,我走了。我请求你:无论如何,不要拿我这个故事发表。否则,我会非常轻视你!
　　　　　　　　　　　　　　　一个人

看完条子,我愣住了。我想,这个人委实神秘、古怪,他究竟到哪里去了呢?

山前山后找了一遍,都没有发现。问庙里道士和长工,全说不知道。这个闷葫芦真叫人猜不透。

跑了好一会,不知不觉已是黄昏。这一天,我是不能下山了,只得再在庙里住一宿。

我独自呆呆坐在客堂,望着桌上的空酒瓶、空酒杯,以及残肴剩菜,不禁愈加想念起那个怪客。这一晚,我在床上翻来覆去,总睡不着。想起他所说的故事,我颇觉好奇、激动。他所说的话,我愈想愈觉得有点意思。我真是后悔,当时竟那样疲倦,坐在椅子上偏偏打起瞌睡。但我后来又怎么睡在床上呢? 一定是他搀扶我进丹房的。我自己竟糊糊涂涂不知道了,真是该死万分。

懊悔也没有用,还是下山要紧。我决定翌日动身。

我披衣起坐,索性不睡了。我想,听了这样一个故事,居然听睡着了,已经大不该。讲故事的怪客,已经走了,明天上午,我也要走了。这一夜,我竟学山下古代陈抟老祖(注:山下玉泉院,有陈抟老祖酣睡处的古迹,相传他一睡二千年。),打算酣睡一场,那倒是一件怪事!

这正是午夜二时。我倚着玻璃窗,极目向窗外望去。雪没有再落过,华山仍罩在一片大雪中。山上山下一片白,到处仍是一些高高低低的北极冰山。我视觉里的世界,依旧是一个银色宇宙,不同是,我此刻感觉,不再像两天前那么轻松了。这片银宇宙,仿佛不再那样通体透明,洁白芳香了。它似乎有点朦胧、暗淡、混浊。虽然四周仍似一片白色梦景包围我,但梦境开始分裂了、残阙了。在这份幻境里,我看见岩石岩缝间倒挂的苍松,它虽然是一片玉白,形姿却是弯弯曲曲的。另外一些山上巨树,枝条因为满驮积雪,负载太重,也被压得弯折了。许多小草,全被琼雪压倒了。一阵阵风吹过,一些雪点子,不断从树枝上簌簌落下来,整个华山,时不时的,似弥洒着一片片神妙的雪气,像雾凇一样,迷迷蒙蒙的散落着。

我望着,脑海里出现了一片朦胧、迷离、恍惚。

我想,我该怎么办?我们该怎样办?我们该怎样,才能安慰这个怪客,酬谢他这个故事?我又想:他究竟是真人?还是个魅影?他的故事,是真实事迹,还是一座海市蜃楼?我再想,此时此刻的我,我自己,究竟是一个真我?还是一个幻影?

哦,天!这一类"？"符号,恐怕我们是永远画不清的。我这样想着,自问着,一个又一个"？"接下去,终于使得我自己也像窗外白色雪景一样,有点朦胧、惝恍、凄迷,捉摸不定,似有形,似无形,似有色,似无色,似有光,似无光。哦,这个又美丽又可怕又真实又虚幻的我!"他"竟这样痴痴的靠着窗口,傻傻的凝视雪景。

"也许,不管他怎样恼我,不管我会失约,总有一天,我会把这个故事转告别人,不管用什么形式。……"

可我这些心灵声音,窗外再没有一个生命听见,也无人回答。只有一阵阵山风不时吹过,一阵阵雪珠子、雪点子,如云似雾的,不断从树上飘洒下来,——雪仍落在雪里,白色仍消失在白色里。这些,就算是对我的回答。

啊!上帝,这两个月,我算白疗养了,可能,我的脑疲症又要复发了。

我推开窗子,在一阵扑面寒气中,开始一次新的沉思。——一个可能是永远没结没完的沉思。

又一次,我让自己深深沉没于这片白色雪景中。

（一九四三年十一月九日至二十九日完成初稿。一九八一年一月修正。同年八月三十日第二次修正。一九八七年八月二十四日第三次修改。一九八八年七月二十四日第四次修改完毕。）